日本人へ
リーダー篇

塩野七生

文春新書

752

人間ならば誰にでも、現実のすべてが見えるわけではない。
多くの人は、見たいと思う現実しか見ていない。

——ユリウス・カエサル

日本人へ　リーダー篇●目次

I

II

III

■初出　文藝春秋二〇〇三年六月号～〇六年九月号

I

危機の時代は、指導者が頻繁に変わる。
首をすげ代えれば、危機も打開できるかと、
人々は夢見るのであろうか。
だがこれは、夢であって現実ではない。

（「継続は力なり」より）

イラク戦争を見ながら

ユリウス・カエサルは、二千年以上も昔に次のように言っている。

「人間ならば誰にでも、現実のすべてが見えるわけではない。多くの人は、見たいと思う現実しか見ていない」

では、二十一世紀に突入した今現在の現実は何だろう。
一、結局は軍事力で決まるということ
二、アメリカ合衆国への一極集中
三、国連の非力
四、日本の無力
これらこそが、「見たいと思わなくても見るしかない現実」であって、それが今、話し合いによる解決、アメリカへの一極集中を排する多極化、世界の諸問題の解決の場としての国連、世界平和に貢献する日本、等々の「見たいと思ってきた現実」を突き崩してしまったのである。

ならばこれからは、「理」の代わりに「無理」が横行する世界になるのだろうか。それとも、「理《ことわり》」と信じていたことが実際は、冷厳な現実を見ようとしない人々の気分を良くするぐらいの役割しか果していなかった、幻影でしかなかったのか。

ハイテク面にばかり話題が集中しているようだが、軍事とは所詮、自らの血を流しても他者を守ること、につきる。しかもこの伝統は、今にはじまったことではなく、何千年もの長い歴史をもつ。なぜなら、これに代わる思想が現われ、それが多くの人から認知されるには至っていない以上、いまだに支配的でありつづけているからである。

古代ではギリシアもローマも、本質はあくまでも、市民が主権者である国家であった。主権者であるからには、権利が認められる一方で義務も課される。権利は、選挙を通じての国政への参加であり、義務は、武器をもっての祖国の防衛だった。それゆえに兵役は、「血の税」とも呼ばれていた。市民には直接税が免除されていたのは、「血の税」の課税対象者であったからだ。

都市国家からはじまったローマも帝政への移行を境に領土国家になっていくが、その過程でローマ人に征服された人々は属州民と呼ばれた。そしてその人々には、収入の十分の一の属州税が課された。ローマ市民権所有者ではない属州民には兵役の義務がなかったからで、カエサルとは同時代人であった哲学者のキケロは、この属州税を、安全保障税だと言っている。

湾岸戦争当時にわれわれ日本は多額の経済負担をしたにかかわらず、クウェートから感謝もされなかったことでショックを受けたが、「血の税」の長い歴史をもつ側から見れば、ショックを受けたという日本人自体が不可解であったろう。

イラク戦争でも、覚悟しておいたほうがよい。ペルシア湾の入口に派遣されているイージス艦以下の艦艇とそこで勤務中の日本人隊員には気の毒だが、あの海域は戦場ではない。戦場に派遣しないかぎり、軍事力を出したことにはならないのである。ちなみに、自らの血を流しても他者を守るという考え方は、ギリシア・ローマをルーツにもつ欧米人に限った考え方ではないように思う。クウェート人は、欧米人ではない。

アメリカへの一極集中も、視点を変えれば必らずしも不都合なことにはならないかもしれない。少なくとも、五千メートルの上空から爆弾を落として後は知らない、というやり方よりも、責任の所在は明確になる。

しかし、問題はアメリカ側にある。アメリカ合衆国は多くの人種の混合体であり、ゆえにアメリカ人は他民族との共生に長じているとの見方は、私には大変に疑わしい。アメリカ人は、自分たちの国に来て仕事をしたいと願っている他民族との共生には慣れていても、アメリカには行きたくなくあの国とは関係をもちたくないと思っている他民族との共生となると、その成果としては半世紀昔の日本をもち出さざるをえなかったことが示すように実績にとぼしい。

このような国が世界の裁判官になるのはやはり心配で、不測の事態が起って落ちこもうものなら励まし、イイ気になって暴走しそうになればブレーキをかける役を、英国首相のブレアは自分に課しているのではないかとさえ思う。なにしろイギリスには、帝国であった歴史がある。帝国とは、共生する気などまったくない他民族に、共生を受け入れざるをえないようにさせてはじめて成り立つシステムなのだから。

世界の諸問題の解決を託されていたはずの国連と安保理の非力も今や白日の下という感じだが、これも当然の帰結とするしかない。政治上軍事上の実権をもたせないでおいて、世界政府の役割を託したこと自体が矛盾であったのだ。それでいながら半世紀もつづいたのは、その状態にしておいたほうがトクする国々があったからで、トクしないと思うようになる国が現われれば、矛盾は露呈するしかなかったのだった。

しかし、組織を割るのは誰にとっても利口なやり方ではないから、アメリカの国連脱退は今のところはないだろう。だが、安保理弱体化の道は確実に敷かれた。各国の首脳たちが国連中心であるべきと叫ぼうとも、叫んでいる彼ら自身からしてそれが現実ではないことを知っている。

これが現情である以上、二番目に多く〝会費〟を負担していながら冷遇されつづけてきた日本が、いまだ従来の安保理でトクできると思っている国々の後に従いて、〝国連信仰〟の再興に努力することはない。ましてや、この機会に安保理常任理事国になろうとでも考えて、下手に動かないほうがよい。今は「血の税」の概念が強く意識されている時期なのだ。「血の税」というカードをもたない日本は、大切なところで除外されるにきまっている。

このように対外的には無力な日本だが、対内的にならばやれることがある。それは、この機を利用して体力の回復に専念することである。国家にとっての体力は経済力だが、その経済力再建のみに邁進するのだ。プラスと出るかマイナスと出るかはわからないが、イラク戦争は、一つの時代の「終わり」ではなく「始まり」になるだろう。このような時期には、ちょっとやそっとのパンチを喰らおうと簡単にはノックアウトされない程度の体力が不可欠である。世界の眼が中東に集中している今こそチャンス。数日ぐらいは銀行を封鎖しても、さしたるニュースにはならないのでは、と思ったりしている。

アメリカではなくローマだったら

アメリカの有識者の中にも、現今のアメリカの軍事力をローマ帝国のそれと比べる人もいるくらいだから、古代ローマへの一極集中は敵さえも認める事実であった。

ローマ軍団の圧倒的な強さは、名将ハンニバル率いるカルタゴを降《くだ》した前三世紀末から後二世紀末までの四百年にわたり、それもとくにその後半の二百年余りは、地中海を中にしてヨーロッパ、北アフリカ、中近東を網羅していたローマ帝国全域が平和を満喫していたという意味で、「パクス・ロマーナ」と呼ばれている。

このローマならば、イラク全土の制覇でさえも、短期間に成しとげていたにちがいない。だが、このローマが後代の帝国であるイギリスやフランスやスペインとは別格にあつかわれる理由は、軍事行動終了後の占領政策にあった。

属州化を前提にしての戦後処理は、攻撃の総指揮をとったと同じ人が担当すると決まっていたから、今ならば軍政と呼ぶのだろう。ただし、ローマの兵士たちは工兵でもある。制覇と同時にその地のインフラ整備をはじめるのも、ローマ人の伝統であった。剣をつるはしに持ちかえた軍団兵によって、道路と橋と上下水道が整備されていく。今ならばこれに鉄道と空路と電気配線も加わるのは、ローマ人のインフラに対する考え方を思えば当り前。

占領軍がこのようなことに専念していて治安はどうなるのかと心配になるが、これもインフラ整備同様に、占領後の統治に深く関係していた。

ローマ帝国は元老院と市民と皇帝で成り立つ国だが、そのシステムを敗者側に強要していない。ケース・バイ・ケースもよいところで、都市ごと部族ごと宗教別のコミュニティごとに「ムニチピア」と呼ぶ地方自治体にし、その内部での自治を完璧に認めたのである。自治を認めたということは、責任をもたせたということだ。死刑以外の司法上の自決権まで認めたのだから、コミュニティ内部の治安維持の責任も彼らに課したということになる。とはいえ、全体に眼を光らせるのはあくまでもローマだった。当座の戦後処理が終わった後で送りこまれる属州総督も、帝国の中央政府である皇帝と元老院が任命した。

それでも地方分権の度合は相当に高く、これでは反ローマ蜂起の温床になるのではと思うが、それにもローマは手を打っている。

地方自治体の有力者たちには、ローマ市民権を与えた。その中でも指導者格の人物には、元老院の議席まで提供している。これも、月日が過ぎてやったのではなく、戦後処理の段階で早くも実現している。相当な数のイラク人にアメリカ市民権が与えられ、そのうちの幾人かは上院の議席をもらう、と思えばよい。

しかし、勝者ならではの強制も行った。有力者の子弟の中でも十代半ばから二十代半ばの年頃の若者たちは、人質として、帝国の首都ローマをはじめとする本国イタリアに連れていかれた。とは言っても、牢に入れられたり強制労働に送られるのではない。自由勝手に帰国できないという制約はあったが、その実態はフルブライトの留学生である。しかるべき良家がホームステイ先になり、その家の子たちと机を並べて、明日の指導者に必要なことを学ぶのだ。王侯の子弟ともなるとホームステイ先も皇宮になるので、次代の帝国のトップと属州のトップは寄宿舎仲間、ということにもなるのだった。

しかし、属州の指導者育成への配慮はこれだけではない。有力者の家には生れなかったがやる気のある若年層に対しては、ローマは軍隊への扉を開いている。ローマ軍の主戦力は軍団兵だが、主戦力は補助戦力とともに闘ってこそ力を発揮できる。軍団兵に志願するにはローマ市民権所有者であることが条件だったが、補助兵には属州民でも志願できた。補助兵になり二十五年の兵役を勤めあげれば、たとえ一兵卒で終始したとしても、除隊時にはローマ市民権が与えられたのである。また、補助兵としての軍務遂行中に才能を認められると、満期を待たずにローマ市民権を与えられて軍団兵に昇格した例も少なくない。こうなると生れながらのローマ市民と同格になったということだから、その後の昇進は彼しだい。古今東西の別なく、軍隊は実力の世界なのである。

愉快なのは、ローマは敗者への市民権授与に積極的であっただけでなく、その指導層ともなると、自分たちの家門名の分与にも積極的であったことだ。

ローマ人の姓名は、ガイウス・ユリウス・カエサルという具合で、個人名・家門名・家族名の三つで成り立っている。そのうちの家門名を分与することをローマ人は、クリエンテス関係を結ぶと言った。クリエンテスというラテン語はクライアントの語源だが、顧客ではない。のれん分けとか親分子分の関係に近い。それで、ローマ人がイラクを占領したとすれば、サダム・ブッシュ・フセインとか、アフメド・ブレア・ハシッドとかが輩出するというわけだ。家門名を与えるくらいだから、もちろんローマ市民権もすでに与え済み。

そして、この傾向にさらに拍車をかけたのが、軍団あげての混血児大量生産であった。ローマ軍団でも将官クラスでは転勤は激しかったが、百人隊長以下の兵士ともなると、入隊から退役までの二十年を同じ基地で過ごすのが普通だった。当然、基地周辺に住む属州民の女と親しくなる。満期除隊時に、退職金を手に正式結婚するのも彼女たち。生れる子たちは全員、混血ローマ人ということになる。トライアヌス帝もハドリアヌス帝も、この系統の出だった。

これでは勝者と敗者の区別などは早晩消滅するしかない。だが、この敗者同化路線こそ、ローマ人の考えていた多民族国家の運営哲学であったのだ。このローマ帝国を表わすのに私は「運命共同体」という言葉を使ったが、ローマ人の言語であるラテン語にはこの言葉はない。彼らは単に、「ファミリア」(familia) と呼んでいた。ファミリーの語源であるのは言うまでもない。

帝国全体を一大家族と考える以上は当然だが、石油で得る利益はイラク人に帰すという今の人の考え方を、ローマ人ならばとらなかったろう。当時の天然資源は油田ではなく鉱山に眠っていたのだが、それを採掘して得る利益は帝国の国庫に入り、帝国全体の必要に応じて費消さるべきと考えられていたからだった。

しかし、このローマ帝国でも滅亡を免れることはできなかった。だが、これほども手をつくしたうえでの崩壊だからこそ、なぜローマは滅亡したのかという論議が、今に至るまで絶えないのである。そして、これだけは厳たる史実だ。近代の帝国は植民地が次々と独立したことで帝国でなくなったが、最後まで属州の離反がなかったローマは、帝国として滅亡したのだった。

クールであることの勧め

日本人の目下の最大関心事は、経済の再建を除けば北朝鮮にちがいない。一方、パレスティーナとイスラエルの間の抗争は、日本とは歴史上の関係も薄く宗教もからんでいたりして、正直言って関心がない、となるのかもしれない。

私はここで、直接の利害関係がなくとも関心をもつべきで、この問題の解決には日本も他の主要国並みに努力すべきである、などという正論を吐くつもりはない。この種の正論がいかに無力であったかは、ほんの少し歴史をひもとくだけでも数多くの例証が見つかる。ならば、成功した場合は何によったのか。

動機が、自分のため、であった場合である。私益の追求からはじまった行為であり、より端的に言えば、私利私欲に基づいた行為である。

なぜなら、何ごとでもそれを成しとげるには、強い意志が必要になる。しかもその意志は、持続しなければ効果を産まない。意志を持続させるに必要なエネルギーの中で、最も燃料効率の高いのが私利私欲である。誰でも、自分のためと思えば真剣度がちがってくるからだろう。

これが人間性の現実だが、だからといって絶望することはない。私益でも公益に合致すればよいのだから。これが、「目的のためには有効ならば、手段は選ぶ必要はない」ルネサンス時代の人マキアヴェッリの思想であった。

われわれ日本人は、可能なかぎり良きやり方で、北朝鮮問題が解決されることを願っている。

だが、これは、アメリカ合衆国の関与なしには不可能だ。

それで関与の当事者であるアメリカ大統領ブッシュの意志しだいということになるが、この人の目下の最大関心事は、大統領に再選されることだろう。

再選されるには、アメリカの世論を味方につけねばならない。

アメリカの世論をリードしているのは、かの国のマスメディアである。そして、かの国のマスメディアも、この頃になってようやく、パレスティーナ問題を放置しておくことの重大性を悟りはじめたようなのだ。

実際、アカバでのブッシュの発言は、これまでの半世紀を思えば、顔を洗って出直してきたのかと思ったくらいに画期的であった。まず、パレスティーナ人の国家建設の必要を認めている。そして何よりも、国家パレスティーナは、土地つづきでなければならないと言ったのだ。

これをヨーロッパのマスメディアは、グリュイエールであってはならないということだと大きく報じた。グリュイエールとは、マンガでも使われるくらいだから誰でも知っている、スイス製の穴の開いたチーズのことである。パレスティーナ人の居住区なのにその中に点々と植民地帯をつくってしまうのがこれまでのイスラエル人のやり方だったが、あれではダメ、と言ったのだった。

静かでスゴ味のある男が私の好みなので、ジョージ・W・ブッシュ氏の将来など、私の知ったことではないのである。また、ブッシュが再選されず代わりに民主党の誰かが大統領になっても、パレスティーナ問題には真剣に対処してくれるかもしれない。しかし、鉄は熱いうちに打て、という言葉もある。ブッシュが私益追求の必要を感じている今が、その好機である。

とはいえ、解決策は抜本的なものであることが必要だ。まず、当事者間での解決などという、正しくても機能しないこと明らかな偽善は捨ててかかることである。イスラエルとパレスティーナの人々に、解決能力がないのではない。半世紀もの間に蓄積された憎悪や怨念が、彼らからそれを失わせているのである。このような場合は、第三者の断固とした介入以外に解決の道はない。

イスラムのテロにまで大義名分を与えるようになってしまったパレスティーナ問題が解決されるならば、それに駆り立てた動機が何であるかなど、私だったら問題にしないだろう。なぜなら、世界の安定に寄与するだけでなく、アメリカ人のやる気も、この成功で自信をもつから以後も持続するだろうし、そのやる気は、北朝鮮にも及ぶであろうと期待するからである。

しかし、北朝鮮問題の解決には不可欠のアメリカの関与だが、それとて盲信しないほうがわれわれのためである。マキアヴェッリも、自ら防衛に立とうとしない者を誰も助けない、と言っている。それが、正否は別にして欧米人の考え方である。

同盟があると言っても、他国との約束と自国の世論の両方を計《はかり》にかけた場合、アメリカの大統領ならばどちらを取るかは想像するまでもない。盟約違反の理由ならば、五百年も昔にマキアヴェッリが考えてくれている。

このように地球の反対側で起っていることでも影響を免れないのが今の世界情勢だが、帰国のたびに私を絶望させるのは、日本のマスメディアにおける海外情報の貧しさである。とくに、人々に情報を伝えるうえでは最も力のある、テレビのニュースにこれが目立つ。サクラ前線の北上もよい。ふるさとと関係のニュースも、大都市で働らく地方出身者も多いこと、地方版にまかせるわけにもいかないだろう。また、私自身が地方分権主義なので、地方ニュースの重要性は充分に理解できる。だが、メインニュースが四国の鮎では頭をかかえてしまう。日本人の全員が、優雅なリタイア生活を送っているわけではないのだ。せめては、海外、国内、地方と、三本立てにはならないものであろうか。

なぜこのようなことにこだわるかというと、日本人の関心の度合が、そのまま日本の対外発言に反映しているのではないかと思うからである。

日本の外交関係者は、戦前戦後の別なく、遠方のことには発言を控える態度で一貫しているらしい。これでは、討議が近くのことになったから発言したとしても、その発言には重みがない。ゆえにまじめに聴いてもらえない。なぜなら、発言しないことは考えていないことと同じ、と受けとられるからである。

つまり、パレスティーナ問題でも活発に真剣に発言してこそ、北朝鮮問題に対して発言した際にもそれを、われわれ極東からは遠い欧米人も真剣に聴く、というわけだ。

私は、日本人も外国人と同じ言行をすべきだと言っているのではない。相手がどう考えどう出てくるかを知って〝勝負〟に臨むのは、ゲームに参加したければ最低の条件である、と言いたいだけである。

戦争は、血の流れる政治であり、外交は、血の流れない戦争であるのだから。

イラクで殺されないために

日本もいよいよ、危険地帯への自衛隊派遣に思い切るらしい。初体験がイラクになるのは多くの面で不運なめぐり合わせだが、幸運など期待できない現在の情況では甘受するしかないだろう。ただし、甘受とはいっても、アメリカ側の意向を何もかも受け入れることではない。

戦闘終結を宣言して三カ月が経っているというのに、アメリカの若者の血が流れない日はない。戦闘には勝つことはわかっていたのだから、それで戦後処理をまじめに考えていなかったとしたら、統治センスを欠いているとしか思えない。このような人々にすべてを預けるのは危険すぎる。だから日本は、次の二事を頭にたたきこんでおくべきと思う。

一、これは軍事上の派遣ではなく、政治上の目的達成のための派遣であること。

二、それゆえ、日本の兵士からは一人も犠牲者を出してはならないこと。

軍事目的をもつ派遣ならば、犠牲者はやむをえない場合もある。しかし、目的が政治である以上、犠牲者を出さないために全力をつくすことは、送り出す側の責務である。

とはいえこの二事を忘れないことは恥ではまったくないから、アメリカにも他の国々にも劣等感をいだく必要はない。アメリカは一国だけで戦争できる国だが、アメリカ以外の他の国々は、イギリスもふくめて、派兵の目的はいずれも軍事ではなく政治にあるのでは共通しているのだから。

ということは、日本の兵士がイラクに到着しそこにいるだけで、政治目的は百パーセント達成され、派兵の目的でも七〇パーセントは達成したと思ってよい。このような状態で犠牲者まで出すのは、ソンするだけでトクすること少しもなし、である。

それでこの二事を達成するうえで参考になるのはどの国かだが、アメリカでもイギリスでもフランスでもドイツでもなく、イタリアだと私は思う。

アメリカは何でも豊富なので、その効率良い活用となると鈍感だ。しかもこの鈍感は、これから味方にしなければならない人々に対しても同様なのは、たとえ肉体的には生存していようと統治的にはゼロにできたサダム・フセインの存在を、大きくする時間的余裕を与えてしまったことが示している。鈍感で済まずに実害まで産んだのだ。われわれがまねしてよい相方では、まったくない。

イギリスのほうは他民族支配の経験もあってもう少し悪賢いが、それでもイギリス人とは、戦闘ラッパが鳴りわたるや、保守党労働党の別なくふるい立つという性向をもつ。そんなことされてもふるい立たない日本人は、まねしないほうが安全だ。

フランスは、大国意識をいまだに持ち、それゆえに政治的には柔軟性に欠ける。また、何と言おうが核をもっている。

日本同様第二次世界大戦の敗者であるドイツだが、この国は東ドイツを併合したことで左派の絶対数が増え、それが動きを鈍くしている。それに、世界大戦を二度闘って二度とも敗れた国に、私ならば、優れた政治センスまでは期待しないだろう。

イタリアは、第二次世界大戦を、敗北したのかしないのか判然としない感じで終えた国だが、おかげで軍隊を保有しつづけ、その海外派兵を憲法は禁じていない。ために、紛争地域があればすぐに派兵する。しかも大国意識をもっていないので、アメリカに、ちょっと代わってと言われただけで、アフガニスタンのトラボラでタリバンを前にしている。まるで、小まわりのきく小型自動車みたいな国である。小まわりがきくのは、与党である右派も今は野党の左派も、イタリアの海外派兵を国際政治と思うことでは一致しているからだろう。国会にかけたときに常に反対側にまわるのは、再建共産党を名乗る共産主義者と緑の党のみである。

おかげでイタリア軍の海外派兵は、昔のベイルートからはじまって湾岸戦争、ソマリア、ボスニア、東チモールにまで及び、その後もアフガニスタン、イラクと、小まめに実績を重ねてきた。世界中の紛争地帯に送っている兵士の合計は、今年に限ったとしても一万に及ぶという。このイタリアこそが参考になると私が思う理由は二つある。

一、これだけの歳月、しかもこれだけの数を派兵していながら、戦死者がゼロであること。アメリカもイギリスもフランスも、そしてドイツまでが犠牲者を出している。その中でイタリアの戦死者ゼロは、誇ってよい実績と思う。負傷者は幾人かいるが、殺された兵士はいない。

二、戦死者ゼロでありながらイタリアは、経済上の負担もしていない。もちろん派兵の費用はイタリア持ちだが、それ以外の経費負担は求められたことがない。今のところイラクに送られている兵士の数は三千。日本が送ろうとしている数の三倍になる。だが、当初の派遣目的は人道援助物資の安全を守るためと医療施設の建設であったのに、現地に入るやイギリス軍の要請を受け、町の治安なども担当しているようで、この小まわりの良さで今回も、経費負担を免れるにちがいない。

しかし、軍事負担は少なくても国際政治的には多く稼ぐのを方針にしている以上は、行動面のみでなく思考面でも、軍事負担の多い他の国々よりは段ちがいの柔軟性が求められる。その例を一つあげよう。湾岸戦争がはじまろうとしていた頃、イタリアは早くも南伊の軍港から、兵士を載せた軍艦を出港させた。国会ではまだ審議中で、派兵の可否は出ていない。そのときの軍関係者とマスコミの一問一答。

「国会での結果も出ていないのに、なぜ出港させたのか」

「ペルシア湾に着くまでに、スエズ運河を通ったりして、一カ月はかかる」

「着いてもまだ国会が結論を出していなかった場合はどうするのか」

「公海上で待機する」

「現政府は左派政権だ。派兵に否と出る可能性もある。そのときは？」

「Uターンして帰ってくる」

なにしろイタリアは、こんな具合だから駆けつけるのが早い。イラクにもすでに、三千の兵が行っている。政治なのだから、着いて何をするかよりも、いつ着くかのほうが重要なのである。

それでいて、アメリカの司令官に対しても同意できないときははっきりと言う。ソマリア派兵中に起ったことだが、戦略戦術に異を唱えられて激怒したアメリカの司令官は、イタリア司令官の解任を求めた。ところが、当時のイタリアの防衛大臣は社民党だったのだが、アメリカ側を前にして言い放った。司令官を解任するなら彼の指揮下の兵士も全員引き揚げる、と。

アメリカにとってはプレゼンスが重要なのだ。となれば、プレゼンスも有効なカードになりうるということである。

継続は力なり

今の私の日々は、『ローマ人の物語』の十二巻目の執筆に費やされている。歴史上では「三世紀の危機」と言っただけで通用する、三世紀のローマ帝国を襲った未曾有の危機を書いている。

同時代に留まらず後代にまで深大な影響を与えた大帝国ローマが遭遇した危機だけに、原因も一つや二つではすまない。それらをいちいち解明していくので頭が痛いのだが、ここではそのうちの一つだけをとりあげてみたい。なぜなら、その一つとは、書いている私が「これではダメだ！」と思わず叫んでしまったことだからである。

ローマ帝国も三世紀に入ると、政策の継続性が失われたのである。具体的に言えば、皇帝がやたらと変わるようになった。その一世紀前は五賢帝の時代でローマが最も安定し繁栄を謳歌していた世紀だが、賢帝たちの在位期間は平均して二十年。それが三世紀に入ると、平均しても四年になる。蛮族が来襲してこないというような幸運に恵まれたりすると、才能のない皇帝でも安泰でいられたから、三世紀ローマの皇帝たちの実質在位期間は、一人につき二年と考えてよいと思っている。

危機の打開に妙薬はない。ということは、人を代えたとしても目ざましい効果は期待できないということである。やらねばならないことはわかっているのだから、当事者が誰になろうと、それをやりつづけるしかないのだ。「やる」ことよりも、「やりつづける」ことのほうが重要である。

なぜなら、政策は継続して行われないと、それは他の面での力の無駄使いにつながり、おかげで危機はなお一層深刻化する、ということになってしまう。失われた十年というが、あれは、持てる力を無駄使いした十年、であったのだ。

もしも私が「NHKスペシャル」の番組の担当者ならば、ここ十年間で経済問題をとりあげた番組だけを集めた、総集篇のようなものをつくるだろう。最初の頃のタイトルは「日本経済の再建をどう進めるか」であったのが、少しづつタイトルまでが悲痛に変わり、十年目を迎えた頃には、「待ったなし、経済再建」というようになった。

総集篇をつくってみれば一目瞭然と思うが、この十年間で変ったのは番組のタイトルの悲痛度だけで、とりあげるテーマはもちろんのこと、出席者の顔ぶれもほとんど変っていない。この人たちは経済の専門家である。専門家が集まって十年もの間話し合えば、やらねばならないことは出つくしたはずで、残るは「やる」、いや「やりつづける」だけではないだろうか。

今や日本の外は、イラクもパレスティーナも泥沼化し、それでも足りずにチェチェン、北朝鮮、アルカイダと、まさに仁義なき戦いの時代に突入している。こういう時代だからこそ、体力、国家にとっては経済力、の回復が必要不可欠になる。なにしろ双方に親分が控えていて、子分たちの暴走を押さえていた冷戦時代がなつかしく思えるほど、今の敵は特定することがむづかしくなった。

相手を特定できないと、たとえ交渉に訴えようとも効果のほどは期待できない。そのうえ、子分たちはまたその子分に分れるという具合で、良く言えば群雄割拠だが、歴史上ではこの現象を「中世化」という。つまり、声が大きく腕力が強い者だけが、幅をきかせる時代のことである。このような時代は嵐に遭遇しているようなものだから、地中には深く根を張りめぐらせ、枝葉にまでも滋養を充分に行きわたらせた、大樹にでもなった気持で立っているしかないのである。そのうちには嵐も収まってくれるであろうから、それまでの間もつかもたないか、だけが問題だ。

そして、その間を耐えさせる力が、国力なのである。だから、「待ったなし、経済再建」は今なおアクチュアルな課題であり、そしてそれには、議論よりも行動、それも継続する行動、しかない。

この小文が世に出る頃には、自民党の総裁選挙も結果が出ているにちがいない。私個人は小泉首相とは何の関係もないが、彼の続投が、今の日本にとっては最善の策であるとは思っている。人を代えようと、奇跡が起るわけではない。誰が最高責任者になろうと、やらねばならないことはもはやはっきりしている。ならば、政策の継続性を保持するためだけでも、政権交代は避けたほうがよいと思うのだ。政策のちがいはあると言う人がいるが、私にはそれは、何を優先するかのちがいにすぎないように思える。何を優先するかを議論して、またも十年を空費するのだろうか。それをやって喜ぶのは、「ＮＨＫスペシャル」と、その常連であった数多のエコノミストだけだろう。

なぜか、危機の時代は、指導者が頻繁に変わる。首をすげ代えれば、危機も打開できるかと、人々は夢見るのであろうか。だがこれは、夢であって現実ではない。

この種の現象を、『神曲』の作者で十四世紀イタリアの詩人であったダンテは、痛みにどう対処してよいかわからなくて、病床の上で輾転と身体の向きを変える病人に例えたのだが、いくら身体の向きを変えても病気が治るわけではない。もう観念して、安静にしているしかないのである。美味いものでも食べ、体力を回復することだけを考えながら。

危機は、英語ではクライシスだが、語源がラテン語の「クリシス」であることからも、ローマ人にとっては目新らしいことではまったくなかった。危機に落ち入るたびに、ローマ人は挽回してきたのである。だが、「三世紀の危機」だけは、挽回につながらず、滅亡につながっていく。とはいえ滅亡にはまだ二百年あったから、この時期に滅亡したのではない。ただ、以前のようには挽回できなくなっただけなのだ。そして、そのようになってしまった最大の要因が、政策の継続性を失ったことにあったのだった。

三世紀に入ったとたんに、ローマの軍事力が弱体化したのではない。経済力が衰退したのでもなかった。これらは、後になって襲ってくる現象である。皇帝の交代が激しく、在位期間が短く、それゆえに政策の継続性も失われることによる力の浪費の結果として、生れてきた現象なのである。

政策の継続性の欠如こそが三世紀のローマ帝国にとって、諸悪の根源であったのだった。

「法律」と「律法」

法律は、あればそれを守らねばならないことは誰でも知っている。だが、その「法」の意味については、人類は昔から、大別すれば二つの対立した見方をしてきた。

第一は、ユダヤ教に代表される考え方で、神が人間に与えた（ということになっている）ものだから、神聖にして不可侵。ゆえにそれを人間が改めるなんてとんでもない、という見方である。

第二は、法治国家の概念を創立した古代のローマ人の考え方で、「法」とは人間が定めたものであり、ゆえに神聖でも不可侵でもなく、当然、必要に応じて改めるもの、という見方であった。

言い換えれば、ユダヤ教の法とは、法に人間を合わせる考え方であり、反対にローマ法は、人間に法を合わせる考え方、になる。

そして、ローマ法とは、それをつくったローマ人に言わせれば、「善と公正を期す技術《アルス》」にすぎないとはいえ、民族・文化・宗教とあらゆる面で多種多様な人々が共に生きていくうえで必要なルール、なのであった。

ローマ人の言語であるラテン語では、法律を「レクス」(lex)という。英語では「law」、フランス語では「loi」、イタリア語では「legge」、スペイン語では「ley」。いずれもラテン語から由来しているのは明白だ。語源にしているということは、考え方も踏襲しているということである。つまり、ユダヤの法よりはローマ法のほうが、断じて普遍妥当性では優れていたことになる。当り前だ。ユダヤの神を信仰しない人にとっては、その神が人間に与えた法までも守る義務はないからである。

このように「法」にも二種の捕え方があるのだが、日本語ではどうなっているのかというと、どっと入ってきた外国語の訳語を考え出す必要に迫られた明治の人々は、実に賢明にも訳語を二種つくったのだ。

「法律」と「律法」

ユダヤの法は「律法」、ローマ法に由来する近代国家の法は「法律」と。引っくり返しただけのように見えるが、実際は苦心の成果であったにちがいない。なにしろ両方とも言葉としては同じ、「法」というのだから。

日本語では二分したそれを、辞書では次のように説明している。
律法——掟《おきて》。仏教の戒律。ユダヤ教の神から人間に与えられた、旧約聖書にある掟。
法律——規則。条例。国会の議決を経て制定された法。ゆえに、実際上は政策。

ついでながら、古代ローマにはなかった憲法を各国語の辞書で引いてみると、これがまた、辞書とは客観的なことのみの解説ではなく、それぞれのお国事情を反映していることがわかって面白い。

基本法とするところまでは各国語とも共通しているのだが、日本の辞書にはこれに加え、改変することのできない最高法規、とある。この意味は、他の国の辞書にはなかった。

ローマ法にはないと言っても、英語の「constitution」の語源は、ラテン語の「constitutiones」である。成文法国家ではなかったローマでは、基本的な構造とか枠組といった意味で、基本法までは意味してはいなかったが、他の数多の法律と比べて少々格は上であったらしい。広大なローマ帝国に住む自由民全員にローマ市民権を与えると定めたカラカラ帝の「勅令」は、「コンスティトゥーティオネス」だった。

何やら御託を並べたようだが、私の真意は、日本人に、日本国憲法を「法律」と考えるか、それとも「律法」的に考えるか、の決断を願うことにある。なぜなら、憲法が許さないという理由を盾にした現情でつづけていくと、国際社会では納得してもらえなくなるからだ。

よく外交担当者たちが、他の国々もわが国の立場を理解してくれています、なんて言うが、世界中では「カネは出せないが人は出せる」という国のほうが圧倒的に多く、その中で「カネは出すが人は出せない」という日本の存在は、不都合ではまったくないからである。理解などしてくれるはずもないではないか。

彼らの国での憲法は、人間が定めたものであるために神聖不可侵ではなく、ゆえに改変する気にさえなれば改変するものだからである。そして彼らは、日本人がユダヤ教徒ではないことぐらいは知っているので、それでも護憲を叫びつづけるのは、ユダヤ教徒にとっての神は、日本人にとっては、憲法をつくったというアメリカ人かと、アメリカ嫌いでは人後に落ちないフランス人などは勘繰ったりしている。それでもカネを出しつづけているかぎりは、けっこうですよ、それで、とは言っているのだが。だから、今後ともカネを出しつづけるつもりならば、他の国々の「理解」もつづくと思う。

とはいえ、改憲派に多い、占領中にアメリカに押しつけられたものゆえ改める、という立場を私はとらない。占領後も、改憲しようと決心すればできたのにしなかった時期が半世紀も過ぎているのだから、もはやあれはわれわれ自身が持続を望んだ憲法である。ゆえに改憲する場合は、今後とも「律法」的に考えるか、それとも「法律」的な考え方をとるか、のどちらかを、判断の規準にしなければならない。

もしも護憲を選択した場合は、ユダヤ教の律法が有効なのはユダヤ教徒の間だけであって、法律であったローマ法がもっていた国際競争力はついにもてなかった歴史的事実は、覚悟しておくべきだろう。

反対に改憲を選んだ場合だが、第九条よりも他の何よりも、日本国憲法を事実上の「律法」にしている、第九六条をまず改める必要がある。憲法改正に関する条項で、衆参両院の総議員の三分の二の賛成にプラス、国民投票の過半数の賛成を必要とする、と定めてある条項だ。これを放置するかぎり、われらが国の基本法は、「法律」ではなく「律法」でありつづけるだろう。ゆえに日本国憲法を「法律」にしたければ、衆参両院の総議員の二分の一以上の賛成を必要とし、それにプラス、国民投票の過半数の賛成を必要とする、と改めるのである。くり返すが、人間が定めたものゆえ神聖でもなく不可侵でもなく、時代や社会の変化に適応するよう改めてこそ、「法律《レクス》」であるのだから。

憲法は、司法試験をクリヤーした人々に一任するのでは済まないと思うほどにわが国の将来を左右する、重要きわまりない政治である。これを、われわれ国民の手にもどしてみてはどうか。もう一度、その根源から見直してみる、というやり方で。

組織の「年齢」について

ローマは老いたのだ、という一キリスト教徒の言葉で締めた第十二巻の完成稿を出版社に送り出した後で、考えこんでしまったのである。

人間にも年齢があるのに似て、組織にも、そして国家にも年齢があるのだと。ただし、この場合の「年齢」は、一個人の場合を考えればすぐわかることだが、肉体上の年齢というより、精神の年齢を指すのはもちろんである。

ローマ帝国の老化についての考察は第十二巻にまかせるとしても、かいつまんで言えば次のようになる。

反射神経の鈍化。おかげで対応も、後手後手にまわりがち。

政局不安定による、政策の継続性の欠如。

改革を試みれば、自分自身の本質に反することをしてしまう。

そして、これらの総決算でもある自信の喪失。

これらを書き上げた後で私の頭に浮んできたのは、ならば若いということはどういうことなのか、という問題だった。

三十にして立ち、四十にして惑わず、五十にして天命を知る、をローマ史に置きかえてみると、「三十にして立つ」は、強国カルタゴを敵に死闘をくり広げたポエニ戦役の百年間だろう。そして、「四十にして惑わず」は、ルビコンを渡ったカエサルと、その暗殺後にカエサルの描いた青写真のままに帝国をつくりあげた初代皇帝アウグストゥスが生きた、紀元前から後にかけての百年間。そして「五十にして天命を知る」は、後世が五賢帝の時代と呼ぶことになる紀元二世紀の、帝国の黄金時代になるのはもちろんだ。これ以外は、これらキイポイントの波及の時代でしかない。

それで、ローマが若かったのはやはりポエニ戦役の時代となるのだが、あの時代をとりあげた第二巻を書いていた頃の私は、老化しつつある第十二巻を書いた今の私と比べて、断じて明るかったのである。書く対象が元気だったからだ。それでいてあの時代のローマは、カルタゴ相手に苦闘の連続であったのだが。

第一次ポエニ戦役で、地中海最強の海軍をもつカルタゴを相手にすることになってしまったローマは、当初は軍船など一隻ももっていなかった。捕獲したカルタゴ船を解体して、それを逐一まねることからはじめたのである。それでも勝てたのは、海上で船を操るのではなく、敵船に突撃しそれに乗り移ることで、海上の戦闘を陸上の戦闘に変えたからだった。海軍大国カルタゴが敵では、目的のためには手段を選ばず、でいくしかなかったのである。

ところが、陸上の戦闘ならば絶対の自信があったはずのローマなのに、第二次ポエニ戦役では、苦汁の十六年を送ることになってしまう。カルタゴ側には、名将ハンニバルがいたからだ。

勝つ条件の一つは相手の戦略の裏をかくことだが、ハンニバルはそれをすべてやった。第一に、いくら何でもアルプス山脈を越えてくるはずはないと予想していたのが、アルプス越えを、しかも象の群れまで連れてたのである。

第二は、本国からの補給がむずかしい敵地での戦争はしないと思っていたのに、それも敢行したのだった。

戦術の最高傑作として戦史に輝やくカンネの会戦を頂点に連戦連勝をつづけるハンニバルを相手に、ローマはその歴史上唯一と言われるくらいに負けつづける。もしも当時にもブックメーカーがいたならば、誰もがカルタゴの勝利に賭けるものだから「賭、不成立」になったことだろう。

それでいて、結局はローマが勝ったのである。どうやって？

ローマ側の若き司令官スキピオが、徹頭徹尾ハンニバルの戦術をまねしたからである。しかし、第二次ポエニ戦役の結果を決めるザマの戦場でスキピオが向い合ったのは、ほかでもないハンニバル。ただ単にまねしたのでは、ハンニバルに読まれてしまう。それでスキピオは、戦端が切られたとたんに主導権をにぎるために、ハンニバルに読まれない手を使う。それでハンニバルが送り出した象群の突撃をかわしたのだった。

これでローマは勝つ。しかも、ほかでもないハンニバル相手に。カンネの会戦は戦術の最高傑作として戦史に名を遺すことになるが、ザマの会戦のほうは、地中海がローマの「内海」になる道を開いたのだった。

というわけでもともとチャンバラ大好きの私にとっては書くのが面白くてしようがない時代だったが、感心することも少なくなかったのである。

その一つは、存亡の危機としてもよい時代でありながら、ローマは、未成年とされていた十七歳以下の男子の徴兵は絶対にしなかったということである。父親は戦場で倒れようとも、息子たちは平時と変らずに学校に通っていた。

第二は、ローマ人が「プロレターリ」と呼んでいた、その人が戦場に行ってしまったら一家の生活が成り立たない男たちの徴兵も、いっさいしていないことだ。「プロレターリ」とは後世のプロレタリアの語源だが、ローマは、戦場ではハンニバルにやられにやられても、自分たちが良しとすることは守り抜いたのであった。

これがローマ史の「三十代」である。なにやらリングに上ったもののアッパーカットを喰らいつづけ、ようやく最終ラウンドでKOをとったボクサーに似ていなくもない。それが可能であったのは、不幸でさえも滋養にしてしまう若さではなかったか。しかも、敵の考えたことであろうと「使える」と思えば堂々とまねする、許容力と柔軟性によって。

そのローマ人も老いてくる。ザマの会戦から五百年が過ぎた時代のローマ人は、当面の問題の解決をあせった結果、改革も自分たち本来の良いところを悪くしてしまう方向でやったり、好機さえも活用できなくなってしまう。盛者必衰は歴史の理だが、少なくともローマは、五百年の長きにわたって覇を唱えた後で衰えたのだった。

この小文が世に出るのは、衆議院選挙の翌日になる。結果を予測する能力は、私にはない。ただ、あることだけは考えた。

それは民主党のマニフェストなるものを読んでの感想だが、これでは小泉首相がやろうとしていることとたいしたちがいはない、と思ったのである。となれば日本の有権者が選択を迫られたのは、同人物に以後もつづけさせるか、それとも、現首相ではいっこうに成果が現われないからここはもう人を代えるしかない、のうちのどちらかだと思う。日本人はそれに、どういう答えを出すのであろうか。

「戦死者」と「犠牲者」

イラク南部のナッシリアのイタリア軍駐屯地に対する自爆テロは、私が日本を発つ前日の十一月十二日に起ったのだった。

これによる死者は十九人、重傷の四人をふくめた負傷者は二十人に達する。イラク側の関係者の死者も、十人に迫るという話だ。国旗におおわれた棺が祖国にもどってきたのも、その翌々日（十八日）に行われた国葬も、だから私はローマで観たのである。そして、この事件に関するイタリアの記事を読みテレビを観ているうちに、イラクへの自衛隊派遣の是非でゆれている日本ではどう報道されたのかを、知りたくなったのだった。

集めることができたのは朝日、読売、毎日の朝刊記事とデータベースのみで、これ以外の新聞やテレビではどう報道されたのかまでは知ることはできなかった。それでもこれらを読んでいて、あることが私の注意をひいたのである。それは、十九人になったイタリア側の死者を表現する日本語と、私がイタリアで読み聴いたイタリア語が一致していないことだった。

日本の三大紙はいずれも、「犠牲者」という言葉を使っている。だが、犠牲者を意味するイタリア語は、この場合は複数形になって、「サクリフィカーティ」とならねばならない。それなのにイタリアでは新聞もテレビも、政治上の右派も左派も区別なく、「戦死者」(カドゥーティ)と呼ぶことで一致していたのである。「犠牲者」という言葉は、この事件に関しては一度も、まったくただの一度も、イタリアでは見もしなかったし聴きもしなかった。


当事者であるイタリア人が「戦死者」と呼んでいるのに、それがなぜ日本のマスコミを通ると「犠牲者」になってしまうのか。

「戦死者」を「犠牲者」にしたのでは正確な報道ではないなどと、言いたいのではない。私を考えこませたのは、駐在記者としては相当に優秀らしい彼や彼女たちにしてなぜ、日本語に移し換える過程で、「戦死者」が「犠牲者」になってしまったのかということだった。

なぜなら、「戦死者」と「犠牲者」には大きなちがいがあるからだ。「犠牲者」には、危険が待っているとは夢にも思わない地で巻きぞえを喰ったがゆえの不幸、という感じが強い。無差別テロによる死傷者は、だから犠牲者である。

一方「戦死者」という言葉は、待ちうける危険も承知のうえで行った地で万が一の予測が現実になってしまった、という感じになる。意志的な行為の結果、としてもよい。

イラクに派遣されているイタリア軍関係者は全員が志願兵であり、復興工事の専門家であったらしい死んだ民間人二人も、志願してのイラク行きという点ではまったく同じだ。そしてイタリアは、政府だけでなく庶民までが、イラク派兵に反対してきた再建共産党や緑の党でさえも、民間人二人もふくめた十九人の死者全員を「戦死者《カドウーティ》」と呼び、戦死者として遇したのであった。

国葬が行われる聖パウロ寺院まで、国旗におおわれた棺を乗せて運んだのは軍用トラックである。二棺づつ乗せてゆっくりと進むトラックは、一台ごとにその両脇に一騎づつ、華やかな甲冑姿の騎馬憲兵が護衛して進む。近衛兵としてもよい正装の騎馬憲兵の護衛は、国賓のみが受ける待遇だ。沿道でも騎兵の列がつづき、寺院に到着した棺は、ささげつつと敬礼をする兵士の列に迎えられた。イラクで倒れた男たちは、第一級の軍隊礼を受けたのである。

これは、危険も知らずに行った地で巻きぞえを喰った「犠牲者」への待遇ではない。危険も覚悟のうえでの職務遂行中に倒れた、「戦死者」への待遇である。だがこれが日本に伝わると、「犠牲者」になってしまうのだった。


朝鮮戦争の頃からだから、平和の確立や維持が目的の海外派兵には、イタリアはすでに五十年の実績をもつ。死者は、五十年という歳月を考えれば驚異的とするしかないほどに少ない。だからイタリア人は、戦死者を迎えるのに慣れているわけではなかった。それでも、いざ死者が出たとなると「戦死者」と呼んで誰もが不思議に感じないのは、海外派兵そのものには慣れているからだろうか。

反対に日本では、記者たちの頭の中でも少しの抵抗もなく、「戦死者」というイタリア語が「犠牲者」という日本語に変わってしまうのは、日本がこの五十年間、そのような行為に無縁で過ごしてきたからであろうか。

私にはなんとなく、「犠牲者」と呼んだのはマスコミだけではなく、首相や官房長官の口からも出たのではないかという気さえしている。せめて防衛庁長官ぐらいは、「戦死者」

と呼んでくれたであろうか。だが、もしも日本中が「犠牲者」オンリーだったとすれば、それは日本では、言ったり書いたりする側もなに気なく「犠牲者」という言葉を使い、それを聴いたり読んだりする側も、なに気なく聴き流しているからにちがいない。

しかし、その日本も海外派兵の体験をはじめようとしている。仮りに不幸にも自衛隊員に死者が出たとしたら、そのときでも日本人は、「犠牲者」と呼び書くのであろうか。イラクに派遣する自衛隊員は戦争をするために行くのではないから、たとえ倒れても「戦死者」とは言えないとでもいう理由で。イタリア兵だって、イラクには英米による戦闘が終了した後に行ったのである。

職業には貴賤はないと信ずる私だが、職務の果し方には貴賤の別は厳としてある、とは思っている。ということは、私もその一人であるシビリアンには各人各様の誇りがあるのと同じで、ミリタリーにも彼らなりの誇りがあるのは当然だ。巻きぞえを喰った結果である死ではなく、覚悟のうえの死、とでもいうふうな。

その軍人が戦地で倒れた場合、その彼らを、無差別テロで倒れた市民と同じように「犠牲者」と呼ぶのは、この人々に対して礼を失することではないだろうか。軍人ならば、

「戦死者」と呼んでこそ、彼らの誇りを尊重することになるのではないか。

日本に帰国中に読んだ新聞の記事に、自衛隊員は政治の駒か、と題したものがあった。私だったらこれに、次のように答える。そう、軍隊は国際政治の駒なのです、そして、駒になりきることこそが、軍隊の健全さを保つうえでの正道なのです、と。それゆえに、軍務に就いている人の誇りを尊重する想いと、その軍務は国際政治の駒であるとする考えとは、少しの矛盾もないと思っている。

戦争の大義について

もしも、誰でも納得できる客観的な基準にもとづいた大義が存在するならば、人類はとうの昔に戦争という悪から解放されていたはずである。そうでないのは、もともとかくして大義なるものが存在しないからなのだ。

いや、ある。だがそれが、当事者の双方ともが自分たちにはあると言えるところが、問題をややこしくしているのである。それは、大義とは、客観的ではなくて主観的である場合はなはだ多し、という性質をもつからだろう。

イラク戦争を例にとれば、ブッシュの「大義」は、クルド民族相手に使ったのだから大量殺戮兵器はもっている、それをないと言うサダム・フセインは嘘を言っている、この種の嘘は世界平和にとって危険だ、である。

一方のサダム側にも、たとえ大量殺戮兵器が発見されたとしても、大量殺戮兵器をもっているアメリカに敵と見なされたからには自分たちももつのは自衛策だ、という反論さえも可能になる。北朝鮮にも、この種の「大義」ならばある。

それなのに、「大義」論争はあいかわらず盛んだ。戦争に踏みきるに際して大義ウンヌンが問題にされなかった時代の歴史を書くのを仕事にしていて、ほんとうに良かったとさえ思う。

歴史を振り返るならば戦争にはやたらと出会するが、そのうちの一つとして、客観的な大義に立って行われた戦争はない。アルプスを越えて侵略してきたハンニバルに抗して立った第二次ポエニ戦役は、ローマにとっては自国防衛という大義があったが、あれもハンニバルにすれば、故国カルタゴが敗北した第一次ポエニ戦役の雪辱という大義があったのだ。それゆえの打倒ローマ、である。

アレクサンダー大王の東征だって、問題は簡単ではない。アレクサンダーにすれば、ギリシア文明圏であるエーゲ海と当時はイオニア地方といわれていた小アジア西部（今ならばトルコ領）から、ペルシア勢を一掃することによるギリシア世界の安全と自由の再復、という大義があった。だからこそ、マケドニア軍が主力とはいえ、ギリシアの都市国家《ポリス》からの兵も参加させての全ギリシア連合軍で、対ペルシアの戦争をはじめたのである。

しかし、ペルシア王ダリウスにだって言い分はあったのだ。第一に、アテネまでいったんは占領したギリシア本土侵略といっても、あれは二百年も昔の戦争であること。第二は、ギリシア人が植民して都市を建設した地はすべてギリシア勢力圏ということになれば、国境線はどこに引けるのか、である。

実際、海外雄飛の性向の強いギリシア人は行けるところならばどこにでも都市を建設したので、ペルシア側にすれば、その地のギリシア人の権益までも守るという大義を振りまわされたのでは黙っているわけにはいかないという「大義」は成り立つ。ためにダリウスは、進攻してきたアレクサンダーを迎え撃ったのである。

その結果、アレクサンダーは勝者になりダリウスは敗者になったが、勝者には大義があり敗者には大義がなかったからではなく、勝敗を分けたのはあくまでも軍事力である。三度も会戦してそのたびに敗れ、ペルシア帝国は滅亡したのだった。そこで止まってもよいはずのアレクサンダーの足はインドまで行ってしまうが、あれは「大義」に変わりうる必要からではなく、若者の好奇心とか知識欲とか冒険心である。

プルタークの『英雄伝』の名のほうで知られている『列伝』で、著者プルタルコスがこのアレクサンダーと対比して書いているユリウス・カエサルが行ったガリア戦役も、「大義」ということになると怪しい。この人の場合は、先制攻撃と言えないこともない。侵略してきたわけでもないガリアに攻めこむカエサルの大義とは、ゲルマン民族に押されているガリアの諸部族の現情を放置していては、ゲルマンに押しこまれたガリア人が逃げ道を求めるあまり、その南にあるローマ領になだれこんでくる、というものであったからだった。

ただし、まだそのような状態にまでなっていなかったガリア人にしてみれば、カエサルの軍団を迎え撃つ大義は充分にある。そしてこの場合も、結果を決めたのは軍事力だった。

しかし、この二人が他の数多の侵略者と同一視されずに歴史上の英雄になったのは、戦争に勝って以後に、主観的な大義を客観的な大義に変えるということをしたからである。ほんとうの意味ならば存在しなかった大義を、ほんとうの、つまりは敗者さえも納得する大義に変えたのであった。

アレクサンダーは、自ら率先して一万人もの部下とともに、ペルシアの女との結婚式を行った。もはやギリシアもペルシアもない。両者ともアレクサンダーの帝国には、対等の立場で参加するのだという意志の表明である。若き将軍が築こうとしたのは、新秩序であったのだ。

カエサルもまた、この考えを踏襲している。ガリア人は奴隷にされず、有力者たちにはローマ市民権が与えられ、部族の長ともなると、現代の国会に該当する元老院の議席まで与えられたのだった。こうしてガリア人も、「パクス・ロマーナ」というローマ人の大義の一翼をともに荷なうようになっていく。「ローマによる平和」以外の何ものでもない「パクス・ロマーナ」だが、あれも新秩序であったのだった。

こう見てくると今のアメリカのネオコンも、最終目標としては「パクス・アメリカーナ」を打ち立てようとしているのかと思えてくるが、アメリカ人は、プルタルコスによればローマ強大化の主因であったという、敗者同化にまでいけるのであろうか。

しかし、われわれ日本人は、「アメリカによる平和」であろうと何であろうと、国際情勢を左右できる政治力もなければ経済力もなく、ましてや軍事力もない。そのうえ、第二次大戦当時には日本なりにはあった大義でさえも、敗戦後の戦犯裁判で、大義ではないとされた経験をもつ。ほんとうならば「大義」と言われただけでせせら笑ってもよいくらいなのに、その日本人の口からイラク戦争には大義はないなどという議論が出るのだから失笑ものである。

大義などはないのだ。といって、新秩序をつくる力はもっていない。この現実を見極めれば、やれることは限られてくる。他の国が大義と言おうが日本だけは心中でせせら笑い、それでいながら冷徹に国益を考え、その線で行動することだけである。

送辞

いまだ前哨部隊とはいえ中東の地に足を踏み入れた自衛隊員の姿は、イタリアのテレビニュースでもしばしば見かけるようになった。世界平和が目的の海外派兵でも国営テレビでドラマ化されて高視聴率を稼ぐイタリアなので、日本の派兵も、新らしいお仲間登場という感じで受けとられている。ただし、お仲間は他にも多いはずなのに少々特別あつかい気味なのは、主要国である日本もようやく家の外に出てくる気になったという想いがあるからだろう。それを見る私の頭の中は、ごく自然に、防衛大の卒業式で来賓として祝辞をのべた十年前にもどっていた。

一九九三年の春に卒業したあの若者たちは、今では三十二、三歳で、百人前後の兵からなる中隊をまかされる身になっていることだろう。とすればイラク派遣隊でも中堅で、古代ならば、ローマ軍団の背骨とさえ言われた百人隊長というところだ。規則は守りながらも臨機応変な対応も求められる、実にむづかしい立場である。十年前に彼らに贈った言葉を、もう一度くり返してみたくなった。あのときに二十二、三歳の若者たちに向けて語りかけたことのいくつかを、かいつまんで再録したい。

「――(歴史上の武将を書いていて考えさせられることの第一は)一級のミリタリーは一級のシビリアンでもある、ということです。シビリアンであらねばならない、と言っているのではありません。一級のシビリアンでなければ、戦場でも勝てないからです。ではなぜ、一級のミリタリーは一級のシビリアンでもあるのか。

それは、戦地でさえも良き結果につながるということが、実にさまざまな要素の結合だからです。勇敢であるだけでは充分でない。兵士たちに人望があっても、それだけでは充分でない。では他の何に、気を配る必要があるのか。

まず第一は、補給線の確保でしょう。勇敢な兵士といえども、腹が空いては力を発揮できない。歴史を見ていると優れた指揮官ほど、部下たちの腹具合に注意を払っていたようです。それに補給が必要なのは、食糧にかぎりません。派遣されている地での兵士一人一人の力を十全に発揮させるのに、欠くことのできないものすべてです。こうなると一級の武将は、大蔵省や厚生省の有能な官僚、ということになりませんか。

また、戦闘に訴えないでも勝利を得ることに、彼らはなかなかに敏感でした。武力で解決することしか知らないのでは、一級の武将とはいえません。なぜなら、指揮官が心がけねばならないことの第一は、自分に与えられた兵力をいかに有効に使うか、であるはずなのですから。そうすると、どうやれば良き味方を作れるか、ということにもつながってくる。これはもはや外交です。一級の武将は一級の外交官でもなければならない、ということになります。

そのうえ、部下たちをやる気にさせる心理上の手腕。人間は、苦労に耐えるのも犠牲を払うのも、必要となればやるのです。ただ、喜んでやりたいのです。だから、それらを喜んでやる気持にさせてくれる人に、従いていくのです。これはもう、総理大臣の才能ですね。

そして、戦場で駆使される戦略戦術とて同じこと。古代の有名な戦闘は、アレクサンダー大王でもハンニバルでもスキピオでも、そして私もいずれは書くことになるユリウス・カエサルの行った戦闘でも、まったく一つの例外もなく、兵力では劣勢であったほうが勝ったのでした。それこそ戦略戦術が優れていたからですが、なぜ彼らにだけ、優れた戦略なり戦術を考え出すことができたのか。

それは彼らが、他の人々よりは柔軟な思考法をする人であったからです。他者が考えつくことと同じことを考えていたのでは、絶対に勝てない。疑問を常にいだき、その疑問を他者が考えつきもしなかったやり方で解決していく。それには思考や発想の柔軟性こそが不可欠で、これこそが勝敗を分ける鍵になるのです。

このように軍事とは、まったく政治と同じに、いや他のあらゆる職務と同じに、各分野で求められる資質が総合的に発揮されてこそ良い結果につながるのです。

世間ではよく、シビリアン・コントロールという言葉が使われますが、それは一級の武将がなかなかいないから、われわれシビリアンは危っかしくて、コントロールしなくてはと思わざるをえないからです。

コントロールなど必要としない、一級の武人になってください。そうすれば、アレクサンダーもハンニバルもスキピオもカエサルも考えなくてすんだ最高の難問、戦争をしないでどうやって勝者でありつづけるか、という難問の解決への道も、自ら開けてくるのではないかと期待します。

お話ししたように、一級の武人になることはなかなか大変なことです。でも、シビリアンの世界でも、一級になることは同じように大変なことなのです。私には、ハンニバルもスキピオも、軍事力を使うことしか知らない男には書けませんでした。私が書こうとしなかったからではなく、実際の彼らの姿がそうではなかったからです。

あなた方も、明日シビリアンの世界に放り出されても、一級のシビリアンで通用するミリタリーになってください。そしてこれが、古今東西変わらない、一級の武人になる唯一の道だと信じます」


あの年も、自衛隊の最高司令官でもある首相をはじめとして幾人かの国会議員が列席していたが、その中に小泉純一郎氏の姿もあった。なぜ私が覚えているかというと、他の議員たちは各党の防衛問題関係者であったのに、この地が選挙区だからという、笑っちゃいそうな理由で来ていたのが彼だけであったからだ。

しかし、そのような理由ならばなおのこと、これまでには三十回は見てきたはずである。一人づつ学長の前に進み出、相手の眼をぴたりと正視したまま敬礼し、その後で卒業証書を受けとって去って行った若者たちの姿を。

一度しか経験していない私でも、イラク派兵が決まるやあの光景は思い出したのだ。それを氏は、三十年間も見つづけてきたのである。その彼らを荒海に送り出す決断も、苦渋の末であったにちがいないと想像している。

笑いの勧め

イタリアのテレビニュースでも、日本が対テロの厳戒体制を布いたと報じていた。この種の非常事態は、遅かれ早かれ常態になるだろう。二十世紀は人類の歴史上最も多くの戦争による犠牲者を出した世紀だったが、二十一世紀は、犠牲者の数ならば少ないかもしれないが、無差別テロの脅威に常におびえる世紀になるのかもしれない。これが現状ならば、生き方も二つに大分される。

第一種は、いつもそのことを考えている生き方。

第二種は、それは常に頭の一部でフォローしながらも他の事柄にも関心を寄せることで、テロの脅威には伸縮自在な距離で臨む生き方である。

テレビや新聞雑誌を見るかぎりでは前者一色の感じだが、あそこに顔を出す人たちは、それについてしゃべったり書いたりすることでおカネを稼いでいるのだ。そうではないわれわれ一般人には、彼らと同様の関心までもつ義理はない。

また、重要問題には、それ一事のみを考えているうちにかえって問題の核心から離れてしまうという性質もある。伸縮自在な距離を保つということは、手段の目的化という、専門家を自称する人々の犯しがちな誤りから、自由でいられるやり方の一つではなかろうか。


だからというわけではないが、今回は二つの映画をとりあげてみたい。まだ日本には上陸していないようだが、〝近日上映〟は確実な二作品。そして二作とも、おおいに笑える。

一つ目の映画は、イタリア語のタイトルがサムシングなんとかという原題の忠実な訳だと思った記憶があるから、何でも起りうる、とでもいう意味の題の作品で、何でも起りうるとは、三十歳を越えた女は相手にしないと豪語していた中年後期のジャック・ニコルソンなのに、若い女友達の母親のダイアン・キートンに、これまでの主義に反して惚れてしまうというストーリーだ。またダイアン・キートンのほうも、二十歳以上も若いキアヌ・リーヴスに熱く迫られて悪い気はしないのだが、結局はジャック・ニコルソンで収まるというのが結末。何でも起りうるのが男女の仲、というわけですね。

ストーリーならば単純なこの映画の勝負どころは、会話にある。その会話がいずれも、声をたてて笑うか苦笑いかのどちらかなのだが、中年後期の男の生産性はなぜ落ちるか、反対に同年代の女の生産性はなぜ上がるかを論じた場面は、声をたてて笑うの一例だろう。

若い女ばかり追いかけている中年後期の男は、それゆえに心身ともに無理をし生活も不規則になって、おかげで仕事面での生産性が落ちるというわけだ。反対に女のほうは、誘いをかけてくれる男も少なくなったことから心身ともに無理をすることもなくなり、日常も規則正しく変わり、おかげで仕事面での生産性は向上する一方になる、というのである。私などは、日本の友人知己を思い出しては笑いが止まらなかったが、同時に、仕事上の生産性が高いと言われても単純には喜べないなと、わが身を返り見て苦笑したのだった。

またこの映画は、女の作家（小説でも劇作でも）がいかにタダでは起きない人種であるかも活写してくれている。ダイアン・キートン演ずる劇作家はジャック・ニコルソンとの間に恋愛とも何とも言いがたい感情が漂いはじめた私生活を、なんと執筆中のドラマに使ってしまうのである。その「イン・ラヴ」の彼女がものした作品が上演される劇場正面のネオン文字が「ウーマン・イン・ラヴ」。これにも噴き出してしまったが、女の物書きとは世にも怖ろしい人種なのだ。

しかし、この世にもオソロシイ人種にも泣きどころはある。キアヌ・リーヴス扮する若い医者は会うなり彼女を名で呼び、ボクはあなたの作品をすべて読み観ています、と言う場面だ。これはもう、言ったのがキアヌ・リーヴスでなくても効果満点まちがいなしの、女の作家にとってのアキレス腱である。

こんなわけで全編笑いに次ぐ笑いの映画だから、この小むづかしい世の中、男女ともに観るのを勧めるが、とくに女たちには勧めたい。勝ち組とか負け犬とか、自虐的な論議に一生懸命になるよりはずっと、愉しいひとときになることだけは保証する。


二つ目の映画は『ロスト・イン・トランスレーション』。あのコッポラの娘が脚本を書き監督もした作品だ。日本に来て居場所のない想いをしているアメリカの中年男と若い女の、そこはかとない心の交情を描いた映画だから、始めから終わりまで笑える作品ではないが、外国人の見る日本を活写しているという点では相当に笑える。とくに、サントリーのウィスキーの宣伝写真撮影の場面は秀逸。ちなみに主人公は映画俳優で、高額のギャラで日本に来て、宣伝ポスターを撮影しているというのが設定だ。

その場面に出てくる日本人、と言ってもカタカナ職業の日本人だが、この男たちの唯我独尊で強圧的な態度振舞はどういうことだろう。この場面だけでも、カタカナ職業の人たちには必見の映画と思う。傲慢とは、心中にひそむ劣等感の裏返しでしかないことに気づくはずだ。そしてそれを第三者が見た場合、醜悪しか印象に残らないことも。

だが、この映画は傑作とは言えなくても佳作にはなれた理由は、醒めた描写の標的にされたのは日本人だけではなく、アメリカ人もふくめた人間全体であるという点にある。それで、愛国心を傷つけられることもなく笑えるというわけだ。次の場面はその一例。

ホテルのバアのカウンターで、娘は男に言う。あなたも中年の危機というわけ？　男は、そうかも、と答える。娘は言う。じゃあ、ポルシェを買った？　男、ウン。

いやあ、知らなかったですね、中年男の危機とポルシェの関連までは。

中年の男の「危機」を癒やすという附加価値が、ポルシェにあるとまでは知らなかったのだ。考えてみれば、若者にはポルシェは似合わないのである。この映画の作者であるソフィア・コッポラは、若いにしてはなかなかの観察眼の持主だと感心した。しかし、この映画を観た後では、町中でポルシェを見るとつい運転席にいる男にまで眼がいってしまうようになったのは困ったものだが。

この映画は、アメリカでは大ヒットしたという。彼らも笑ったのだろう。ならば日本人も笑おうではないですか。醜い日本人や愉快な日本人とともに、日本に来て「ロスト」してしまうアメリカ人の姿も。

若き外務官僚に

試験に合格して外務官僚としてスタートする前に研修なるものがあるらしく、そこで話をせよとの依頼があった。まずもってこのような大それた依頼は受けないことにしているので、四月には帰国できないことを理由に断わったのである。だがその後で、もしも外交官の卵たちに話をしていたら、どのようなことを言ったであろうかと考えたのだった。

何よりも先に、彼や彼女たちがこれからやろうとしているのは、「外交」ではなく「外政」であると言ったろう。つまり、外国と交わっていればことは済む任務ではなく、外国との間で政治をするのが任務であると。

もともとからして「外務省」と名乗っているのだ。組閣のときの名簿でも、二番目か三番目にくる。内務省という名称は消えてしまったが実際は国内政治を担当する省と並んで国外政治を担当する外務省があり、その上に総理大臣がくるという構造である。かくも重要な任務を課されているのに、外務官僚自体がそれを意識していないのではないかということが、われわれの心配なのだが。

では、外政省としてもよい外務省が目標にすべきことは何か。

当り前の話だが、日本の国益を守ることである。ところが国益という言葉を耳にするや、自国の利益しか頭にないやり方かと思ってしまう人が多い。その結果、自国の国益だけ追求するのか、それとも他国の国益も考慮すべきではないのか、とか、グローバル化の中では単独の国益を追求できる状況にはない、とかの議論がまかり通り、国益とはいったい何かがますますわからなくなってしまっている。

国益とは、具体的な利益になって返ってこないかぎり、それを追求したことにはならないのである。ではそれをどうやれば、国益追求には有効か。五百年昔の外務官僚だったマキアヴェッリは、次のように言っている。

「いかなる事業といえどもその成否は、参加する全員が利益を得るシステムを、つくれたか否かにかかっている」

これを平たく言えば、みんなにトクさせることで自分がトクしましょう、ですね。グローバル時代だからといって、国益追求に新らしい形があるわけではない。同時に、狭い国益とか広い国益の区別も存在しない。

それで外務官僚にとっては仕事の場となる国際政治の世界での現実だが、これを視覚的に会得するには国連の安保理の議場を思い浮べるのが一番だ。

ただし現在の議場は、国際政治の現実を映していない。丸形の大テーブルには常任理事国と非常任理事国の差なく着席し、議長席にはしばしば非常任理事国の代表が坐わったりするから、この両者の間には差はないように見えるが、あれも国連が得意とする偽善の一つである。

現実を忠実に映すならば、中央には今よりは小型の丸テーブルがあって、そこには常任理事国の代表のみが坐わる。非常任理事国の席は、この外側を囲む形の二番目のテーブルのほうだ。そして、これ以外のすべての国の代表は、その他大勢という感じで外野席にしか坐われない。

ゲームの卓に坐わるからにはプレイヤーたちはカードを持たねばならないが、国際政治はトランプとちがって、カードではなく剣を両脇に差している。カードは自分には見えて

も他者には見えないが、剣ならば誰にも見えるからである。その剣だが、切れ味の良いほうからあげていくと、

一、拒否権をもっていること。
二、常任理事国であること。
三、海外派兵も可能な軍事力。
四、核をもっていること。
五、他国に援助も可能な経済力。

中国は海外派兵もしないし経済援助も受ける側ではないかと言われそうだが、その気になれば即座に派兵できる体制にあり軍事力も持っている。また経済援助も、最貧国には小まめにやっているのだ。そのような国であるのに援助しつづけるのは、それをしている日本の勝手なのである。

このように、剣は五本すべてを差していないかぎり、国際政治の世界では主役にはなれない。日本は経済力という剣しか差していない。イラクへの派兵も半世紀も過ぎた後での第一歩で、しかもその現状はシンボリックとするしかなく、剣として認知されるのも今後に待つしかない。同じく外野席にいるイタリアは、海外派兵五十年の実績という剣をもつ

が、核という剣しか持たない国も、外野席の常連であることでは変わりはない。

私が最重要の剣とした拒否権だが、二千年後の現代でも「ヴェトー」というラテン語のままで使われていることが示すように、真の権力とは何かを知りつくしていた古代のローマ人の発明である。

それゆえに、これまでにどの国が拒否権を実際に行使してきたかなどは、問題にすることからして無駄。持っているということ自体が威力であって、剣が、抜くか抜かないかには関係なく、差しているだけで脅威になるのと同じである。

仮りにイラク問題で国連が軟化し、それを格好の口実にしたフランスが態度を変えるとする。となるとアメリカは、日本などそっちのけでフランスにすり寄るだろう。それを見て、薄氷を踏む想いでイラクに兵を出したのにと、心変わりを恨んでみてもはじまらない。アメリカにとっては、五本の剣を差しているフランスのほうが〝使いで〟があるのだから。また、国際政治の世界では、中国のほうが日本よりも威力があるのも当然のことなのだ。

しかし、これが現状である国連にアメリカに次ぐカネを出しているのはけしからんなどと、はしたないことは言うべきではない。あれは経済力に応じて決まるので、この一事もまた、経済力と国力は同じではないという現実に、日本人が目覚める役には立つだろう。

こう話してくると国連や国際政治の場での日本は絶望的で救われない状態にあるように思えてくるが、勝負を決める手は一つ残っている。ただしそれは、五本の剣、いや核はなしの四本の剣ぐらいは持とうと努めるなどという、実現には遠そうなことではない。だがそれについての詳述は紙数がつきたので別の機会にまわすが、マキアヴェッリの次の言葉を明日の外政担当者たちに贈りたい。

「常に勝ちつづける秘訣とは、中ぐらいの勝者でいつづけることにある」

中ぐらいなんて簡単ではないか、などと思わないでほしい。なにしろ「外政」とは、武器を使わない戦争でもあるのだから。

文明の衝突

全部で十五巻を予定している『ローマ人の物語』の執筆も十三巻目を迎え、今の私の勉強はローマ帝国の後期、つまり四世紀以降に集中している。ここまでくると、学者の書く歴史ではなく作家の書く歴史（といっても歴史小説ではなくて歴史エッセイ、強いて日本語に訳せば歴史評伝）に挑戦中の私にも、学者たちの間で盛んな論争、ローマ帝国はいつ終焉を迎えたのか、を論じた諸説も身近かになってくる。それらを大別すれば、次の四つになるかと思う。

一、オスマン・トルコによる一四五三年の東ローマ帝国の首都コンスタンティノープルの陥落をもって終わったとする説。この派の代表格はギボン。

二、三一三年のキリスト教公認をもって、ローマ帝国、つまり古代は終わり、中世が始まったとする説。この説をとる歴史家たちは、ローマ史の執筆をこれ以上書き進めることさえもしない。

三、学校の歴史教科書に載っている説で、西ローマ帝国の帝位に形ばかりとはいえ誰も就く者がいなくなった四七六年をもって、ローマ帝国は滅亡し古代も終わったとする考え方。

四、二十世紀後半からの説だから四つの中では最も新らしい説だが、それゆえに今のところはどれよりも有力とされているらしい。

それは、ローマ帝国の終焉は、イスラム勢力の急激な台頭に抗して守勢に立たざるをえなくなった七世紀に訪れた、とする説である。

これが有力視される理由はやはりある。

まず第一に、内実はキリスト教帝国になって以後もローマ帝国を名のりつづけたこと。東ローマ帝国とかビザンチン帝国とかは、後世の史家たちによる別称である。

第二、ローマ帝国はキリスト教という新らしい血を輸血したことで生き返ったと考えるのがこの派の人々だから、生き返った「ローマ帝国」が蛮族化された西方《オチデント》まで一時は再復しそうだった六世紀は、ローマ帝国の隆盛期なのである。

ところがこのわずか一世紀後には、東方《オリエント》のほうもイスラム教によって生き返ってしまったのですね。宗教によって衰退一方だった国家が生き返る、という見方をとる人ならば、それがキリスト教であろうとイスラムであろうと、歴史の推移を見つめる視点も同じになる。そしてここに至って、キリスト教対イスラム教の対立の構図が誕生する。

実際、教祖マホメットの死の直後からはじまったイスラム勢力の伸張は、それが百年という短期間に成されただけに驚異的だった。たちまち、東はメソポタミアを経てインドに達し、南と西は、出生の地のアラビア半島はもちろんのこと、北アフリカ全域をイスラム一色に染めあげたに留まらず、北はジブラルタル海峡を渡ってスペインに、さらにフランスにまで侵入する勢い。

それをキリスト勢が迎え撃ったポワティエの会戦は七三二年。これには敗れたが、キリスト教徒たちの「ローマ帝国」は、首都コンスタンティノープルとその周辺のみという、帝国と呼ぶには恥づかしい規模にまで押しこまれていった。これも、ダマスカスから首都をバグダッドに移したことによって、より一層のマネーと人間のパワーを活用できる地盤を確立した、イスラムの勢力拡大の結果であったのだ。

七六二年の建設というバグダッドは、神が与えた都という意味をもつイスラムの都市である。商人の宗教でもあったイスラム教では、メッカやメディナを本拠にしていては通商に不都合だし、ダマスカスは地中海に近すぎた。通商にも好都合で東方《オリエント》の要になりうる地となれば、大河ティグリスとユーフラテスにはさまれ、農業も盛んで東と西の通商路にもあたるメソポタミア地方が最適だ。バグダッドは、キリスト教の帝国の首都にするために意図的に建設されたコンスタンティノープルに似て、イスラム教の帝国の首都として建設されたのである。

ローマを過去のものにする想いでコンスタンティノープルを建設したローマ帝国のキリスト教徒と同じに、新興のイスラム教徒も、ペルシア帝国やパルティア王国の首都だったクテシフォンではなく、そこからわずか四十キロにしろ離れた地にバグダッドを建設することで、新興の宗教の気概を明示したかったのかもしれない。

それから三百年が経つ頃になると、西方も攻勢に打って出る。十字軍がそれである。ただしこれは二百年の間断続的にしろつづいたのだが結局は失敗し、一四五三年には「ローマ帝国」の首都コンスタンティノープルまでイスラムの手中に帰し、イスタンブールと名を換えられてしまった。そのうえさらに、当時のイスラム勢を代表していたオスマン・トルコはヨーロッパへの進攻まで実行したのだが、西欧の盾になる想いで攻防戦を耐え抜いたウィーンのおかげで、ヨーロッパは助かったのである。地中海もイスラムの海になる勢いだったが、こちらのほうはヴェネツィア海軍が主力になった神聖同盟（と名のるからにはキリスト教海軍）がレパントの海戦で完勝し、海でもイスラムは待ったをかけられたのだった。

その後西欧は植民地帝国主義で攻勢に転ずるが、これはもう近代と現代の歴史になる。だが私には、キリスト教とイスラム教という一神教同士の抗争の根の深さは、ローマ帝国、つまり古代はいつ終りを告げたのかをめぐる諸説にさえも見え隠れしているように思えるのである。

忘れてはならないのは、ローマ帝国の事実上の終焉はキリスト教が支配するようになった四世紀と考える人は、政治と宗教は別物と考える政教分離主義者に多い。一方、イスラムが攻勢に出てきた七世紀だとするのは、これとは反対の考えをもつ人々である。

もし仮りに、ローマ帝国（古代）はいつ終焉したかをテーマに、シンポジウムを開いたとしよう。出席者は、ブッシュにブレアに、ビン・ラディンとサダム・フセイン。キリスト教側とイスラム側に単純に分けるならば、タッグを組むのは前二者組と後二者組になるのはまちがいない。

だが私には、政教分離ゆえに四世紀説をとるのはブレアとサダム・フセインで、文明の衝突と考えるがゆえの七世紀説はブッシュとビン・ラディンに思えてならない。アメリカ人にとっての民主主義は、宗教でもあるのだから。とはいえブレアは隣席のサダム・フセインに、だけどおまえのやり方は改めないとあっちにつかざるをえないんだぞ、とぐらいは言って脅すぐらいはするだろう。

今や「敵」と「味方」の区別が簡単ではない時代になった。この荒海で舵を操っていくには、味方さえも冷徹に分析する視点が必要ではなかろうか。

II

自己反省は、**絶対**に**一人**で**成**されねばならない。
決断を**下**すのも**孤独**だが、
反省もまた**孤独**な**行為**なのである。

（「プロとアマのちがいについて」より）

想像力について

ありとあらゆる情報を浴びていながら、何を軸にして判断を下したらよいかがわからなくなっている。

宗教を軸にすると狂信に走りやすい。

自由と民主主義を旗印にしているのだから安心だと思っていたら、それに頼りきるのにもリスクがあることがわかった。

哲学は、教壇から説かれる歳月の長さと反比例でもしているかのように影響力は地に堕ちている。

不確実の時代も極わまれり、という昨今だ。と言って何もしないのでは、生きていることにはならない。いったい全体何を軸にすれば判断を下せ、それに基いての行動も始められるのであろうか。

つい先頃までイタリアの国営放送で放映されていた連続ドラマに、『警視正《コミッサーリオ》モンタルバーノ』というのがあった。地方の町を舞台にした事件ものだが、どこにでもある田舎の町ではない。イタリアの南の端しにあるシチリア島の、しかもその最南端というのだから、たとえ眼の前に広がるのが地中海でも、国境に接した町ということになる。地中海の彼方には、右から左に、つまり西から東に、モロッコ、アルジェリア、チュニジア、リビア、そしてエジプトと、北アフリカの諸国が連らなる。最南端とはいえイタリア国内なのに、ローマからの放送よりもマルタ島からのほうが、少し感度が良ければその向うのチュニジア放送のほうが、ずっと良く聴こえるというほどの位置にある。地中海も朝夕のなぎともなると打ち寄せる波さえもないという穏やかさ。この海上を強大なカルタゴの海軍に埋めつくされたのだから、海軍国ではまったくなかったローマも起《た》たざるをえなかったのかと、ついつい二千二百年の昔に想いを馳せてしまう。ちなみに現代のチュニジアは二千年昔ならばカルタゴで、ローマとカルタゴが死闘をくり広げたポエニ戦役の第一次の舞台も、このシチリア島だった。

もちろん二千年後の今では、ローマ帝国もなくカルタゴもなくハンニバルもいない。だが、地中海の彼方からの脅威が消滅したわけではない。シチリアの南側は北アフリカからの不法入国者という波が打ち寄せる海辺になった。おかげで地方の小さな町にすぎないのに事件が絶えず、そこを舞台にしての連続警察ドラマが成り立つということになってしまったのだ。

しかし、国境の町とはいってもやはり南国のシチリアだけに、その町の警察に一人しかいない警視正《コミッサーリオ》モンタルバーノの一日も、起床するや自宅のテラスのすぐ近くまで迫っている、地中海にとびこんでのひと泳ぎからはじまる。出勤も、まずは穏やかな海で身体をほぐし、南欧式の簡単な朝食も終えた九時過ぎになってから。

勤務室の椅子に腰を降ろすや助手でもある若い警官が入ってきて、昨夜中に起った事件の報告をする。「海岸近くの藪の中から男の死体が発見されました」「不法入国者か」「いえ、土地の者です」「誰か、わかったたか」「はい、今では農園を経営している、男爵○○で」という具合だ。

ほんの少し考えた後で、上司は部下に命ずる。「近親者全員を洗え。本州に移り住んだ者もふくめて」若い部下はここで言う。「そうお考えになるかと思って、全部調べてあります」

連続テレビドラマでは毎回このやりとりがくり返されるのだが、私はそのたびに、こういう部下がいたら上司はどんなに助かるだろう、と思ったものだった。何よりもまず、捜査のスタートが早まるではないか。

だがこの部下のやり方は、上司へのゴマすりではまったくない。若い警官の頭の中は、事件を知るや警視正の頭にすり変わったのだ。自分が彼ならば、次には何を知りたいと思うだろうか、と。そしてそれを、上司が出勤する前に調べあげていたにすぎない。

こうなると、想像力の分野になる。これまでの学歴にも今の地位にも無関係な個人の想像力による勝負、としてもよい。胸に手を当てて、自分ならばどうするだろう、と考えるだけなのだから。

乱用され気味ゆえに嫌いな言葉だが、ニーズという言い方がある。ニーズを察してとか、ニーズを汲みあげてとか言う。それを聴くたびに思う。どうやって察したり汲みあげたりするのですか、と。経済援助の場合でも日本はこのやり方を重視するらしく、相手側のニーズに応じて、とか言っている。ところが相手側は一人ではない。また一人であったとしても、ニーズが一つとは限らない。その結果、ニーズなるものの大洪水を浴びて、そのうちのどれを優先してよいのかさえもわからなくなっている。こちらの考えで優先順位を決めようものなら、相手側のニーズを尊重していないということになってしまうからである。

相手の立場に立って、という考え方も、これならばうまくいくかとなると、ニーズの場合とさして変らないように思える。まずもって人間には、自分を白紙にもどすということからしてむづかしい。だがほんとうに相手の立場に立つとなれば、自分を完全に捨てないかぎりはできない。宗教関係者による慈善事業に成功例が多いのも、あの人たちには、天国の席の予約済みという想いだけで、自らを白紙にする訓練がなされているからである。

俗人であるわれわれは、こうなるとやはり、自分だったら何をしてもらいたいか、と考えそれに忠実に行動するのが、最も容易でしかも確実な解決法ではないかと思う。なぜならこれだと、想像力の有無でしかないのだから。

戦争は成功したが戦後処理を誤ったとは、今のヨーロッパでは支配的なアメリカ政府観である。ブッシュ政権の閣僚たちはそろいもそろって世界に冠たる有名大学出身の秀才ばかりなのに、なぜ誤ってしまったのか。

想像力が動き出すのは、疑問をいだいたときからだ。疑問をいだくのは、壁に突き当ったからである。秀才とは学業成績の良い人のことだから、これまでに壁に突き当ったことがないか、あったとしてもごくまれだった人たちなのだろう。となれば疑問をもった回数も少なく、当然ながらその疑問を解決しようとしたあげくに、想像力に訴えるしかないと思い至るまでの苦痛も、さして経験したことはないにちがいない。

想像力も筋肉の力に似て、訓練を重ねていないと劣化してしまう。だからであろうか、学校秀才には想像力に欠ける人が少なくない。

「いかなる分野でも共通して必要とされる重要な能力が、一つある。それは想像力だ」とは私の言ではなく、五百年昔にマキアヴェッリが遺した言葉である。「自分ならばどう考えるだろうか」を、あらゆることのスタート・ラインにしてみてはどうであろうか。

政治オンチの大国という困った存在

ブッシュは顔を見るのもイヤになったが、シラクの顔も見るのがイヤになりつつある。世界中が大変だというのに、いったい全体何を考えているのか、とでも言いたくなる。

ブッシュの犯した誤りの数々はもはや明らかだから列記しないが、それでも振り返ってみる価値ありと思うのは次の一事ではなかろうか。

テロは戦争であると規定したこと、がそれである。戦争ではなく、犯罪とすべきであった。なぜなら、戦争だと規定すると、敵とされた側、この場合はイスラム教徒たち、を団結させてしまうからである。それがもしも、九月十一日のあの凶事を、凶悪きわまりないことは確かだがあくまでも犯罪である、としていたらどうであったろう。

こうなれば「敵」は、テロを計画し実行した者のみにしぼられる。彼らはイスラム教徒でも、それ以外のイスラム教徒は無関係ということになる。敵に勝ちたければ、それも効率良く勝ちたければ、分離し孤立したところをたたく、しかないのだ。

「分離して支配する」とは古代のローマ人の政略だったが、この考え方を会得するにはわざわざローマ史を読むこともなければ、大学で国際関係論を学ぶ必要もない。動物のドキュメンタリーでも見れば直ちに理解できる。ライオンもオオカミも、このやり方で獲物をとっている。

余計な忠告かもしれないが、他の多くの面ではアメリカに協力しても、テロを戦争と断じないほうが、日本にとっては得策と思う。ただし、戦争だと言い張るアメリカ人に向って、いや犯罪です、と強いて抗弁する必要はない。もういいかげんにイラついている彼らを、さらにイラつかせるだけだろう。

しかし、イスラム諸国に対しては、戦争ではなくて犯罪だとわれわれは考えているということを、わからせたほうが国益に利する。あちら側の多くは、ほっとした表情でうなづくだろう。

ヨーロッパにいてフランス人を見ていて感ずるのは、何とまあ彼らは原理原則主義者なのか、ということである。ゼネストをやるとなると、ほんとうにすべてが止まってしまう。ストには組合の存在理由を誇示する理由もあるからと、ゼネストと宣言しながら適当にやるイタリアとは大ちがいだ。しかしこの頃ではストもEU規模になることが多く、長距離トラックの運転手たちのストのときだったが、フランスとスペインの国境のピレネー山脈と、フランスとイタリアの国境になるアルプス山脈の両方で大混乱になった。まじめ一方なストと不まじめなストがぶつかってしまったからだった。

フランス人とは総体的に、原理原則大好きに加えて愛国心でも徹底している。フランス人にとって、フランス革命もその後のナポレオンによる帝政も両方ともが正しいのだ。一貫性ということならば、などと疑問をはさもうものなら、政治上の右左に関係なく白い眼を向けてくる。

しかし、原理原則主義者であることと、政治外交の巧者であることは両立しがたい。なぜなら政治には、妥協が不可欠であるからだ。そのうえ愛国心も強いとなるとさらに始末が悪い。

強固な愛国心はしばしば、面子《メンツ》にこだわることにつながってしまうからである。つまり、外政ではとくに、柔軟性を欠くことになるんですね。

イラク相手に戦争を始めることは、私だって反対だった。『文藝春秋』誌上で三年前のアフガニスタン攻撃に際して、「ビンラディンにどう勝つか」と題した中ですでに述べている。だからあの時点では、私はシラクと同意見だった。しかし、イラクでも戦争が始まってしまってからの私は、始めてしまった以上はこれからの問題は、どうやればうまく終えられるかにつきる、と考えるようになっている。何もブッシュに同意するようになったからではない。あいも変らず、ビンラディン（つまりテロ）にどうしたら勝てるかを考えた結果なのである。連想ゲームでもやるつもりで、問題点を追ってみよう。

テロリストは、いつの世にもいる。

だが彼らは狂信の徒であるだけに、大義なるものを常に必要としている。

ただし、サウジアラビアの現政権打倒などは、あの国の反体制派の支持は得られても、他の国のイスラム教徒の支持まで獲得できる普遍性はない。

普遍性をもつ大義となれば、パレスティーナ問題を措いて他にない。

だがパレスティーナ問題の解決には、イスラエルの政策の大転換が必要だ。

そのイスラエルだが、他国の意見には、ＥＵの意見にさえも耳も貸さないことでは有名だが、アメリカだけは無視できない。

となると、アメリカが乗り出さないかぎりはパレスティーナ問題は解決しないことになるが、そのアメリカもフランスに似て、（自由の女神がフランスからの贈物であるからというわけではないが）原理原則主義なのである。

原理原則主義者は、必要だからという考えでは乗り出してこない。「必要」よりも、「やるべき」と信じたとき、始めて乗り出してくる。

ただし、やるべきという確信をもつには、気分に余裕があることが必要だ。うまくいっている自分にとっての責務は、うまくいっていない人々を助けることにある、と思うのがこの人々なのだから。

イラクでは、アメリカは困っている。これ以上追いつめられると、アメリカは手を引き、もう自国の外への介入など真っ平、と考えるようになるだろう。そうなってはパレスティーナ問題の解決はますます遠去かり、パレスティーナという大義を旗印にしたテロ行為も、わがもの顔に横行するようになるだろう。アメリカに、せめては名誉ある撤退への道は開いてやるべきである。彼らに、イラクではうまくいったと言わせ、思わせるためにも。

フランスは、相手が困っているときにこそ助けの手を差しのべるのが外政であることを、知らないのであろうか。それとも、自分勝手に始めたのだから始末も自分一人でつけるべきと思っての、今の彼らの態度なのか。まるで子供の遊びである。

そのうえ国連事務総長までもが、イラクの治安は不安だから国連は出せないと言って、国連の安保理での決議も、国連自体が協力しないことで事実上反古にする態度に出ている。アナンも同じ面子族の一員か。だがこれではフランスも国連も、アメリカを追いつめ屈辱を与えることで生ずる以後の世界の混迷の、共犯者になってしまう。原理原則主義者の欠点は、自分自身では望みもしなかったことの実現に、結果としてならば手を貸してしまうことにあるのだから。

プロとアマのちがいについて

もはやクロウトもシロウトもなく、誰でも何でもやれると思われているらしい。だが、ほんとうにそうだろうか。プロとアマとの間には、ちがいはなくなってしまったのだろうか。

数年前のベストセラーに、『絶対音感』というタイトルの本があった。私はそれを読んではいないのだが、このタイトルには興味をひかれたのだ。絶対音感とは、音に対する絶対的な感覚のことだろう。音楽の分野でこの種の絶対感覚が重要ならば、音楽以外の他の分野でもそれがモノを言うはずだ、と。

そのようなことを考えていた時期に、ジョルジョ・アルマーニと話す機会があった。私はこのイタリアのデザイナーが、われわれならばグレイで一括してしまうところを、種々様々な多くのグレイに色分けしたのにはまず感心した。グレイにもこんなに多くの色があ

ると は知らなかったからである。だがもっと感心したのは、色分けしたグレイを、これとこれ、あれにはあれ、という具合に合わせて見せてくれたときだった。この人には絶対色彩感覚がある、と思ったのだ。

ならば、私の棲む出版の世界ではどうだろう。処女作当時の担当編集者が、こう言ったのが忘れられない。

「なぜ日本で私小説がしぶとく生きつづけるかわかる？　縁側に立って庭の梅の樹を眺めている著者の心境なんて、ほんとうのところは彼以外の人には関係ないことなんだ。それなのに、関係ないはずの他人までが読む。しかも読んだ後で、他人事ではないのだと思うようになる。文章が上手いからなんだ。そして日本では今だに、文章の巧者は私小説の作家に多い」

しかし、私は私小説を書いているのではなかった。その私に彼が教えようとしたのは、私的な心境を表現するのに適した文章があるならば、戦争や政治を叙述するのにもそれに適した文章があるはずだ、だからそれを見つけ、文学的でないと批判されようともかまわずにそれで書け、ということであった。つまり、出版の世界での勝負を決めるのは文章に対する感覚の冴えであり、言い換えれば、書く対象に適した文体をモノにできるか否かにかかっている、ということだろう。

とはいえ、自分自身の仕事に関係することならば、納得さえすれば後は習得するだけなのである。習得を怠ると物書きとしての商売が成り立たなくなるからだが、私の悪いところは、他の分野にも適用可能かと、想像をめぐらせてしまうところにある。例えば、ジョージ・ソロスには絶対ファイナンス感覚があるにちがいなく、二輪の世界のヴァレンティーノ・ロッシは、ヤマハに乗ってもホンダに勝つのだから、絶対運転感覚が優れているのではないか、など。

こうなると、私の書く歴史上の人物にまで適用してみたくなる。アレクサンダー大王もユリウス・カエサルも、カルタゴの名将ハンニバルも、そのハンニバルを最後の一戦で破ったローマの武将スキピオも、言ってみれば、戦略戦術上の絶対感覚の持主であったのはまちがいない。なぜなら、数では圧倒的に優勢な敵に対しても勝ってしまうんですからね。それも、部下の兵士たちの犠牲は最小限に押さえながら、である。

ところがここでまた、私の想像は飛躍する。アレクサンダーもハンニバルもスキピオも二十代の若さで数万の軍を率いていたのだから、根っからの軍事のプロと言えるだろう。

だが、カエサルだけは四十代に入ってから大軍を率いる地位に就いたので、それ以前は中隊の指揮官でもなかった。そのアマチュアがなぜ、プロに、しかも第一級のプロになれたのか、と。

これへの答えは四十年も昔にすでに、田中美知太郎先生が出してくれている。「カエサルの『ガリア戦記』がいいのも、彼がよく人間を洞察することができたからでしょう」

戦争でもこの種の視点から見るようになれば、その次は政治になるのも当然なのである。誰だったか忘れたが、戦争は血が流れる政治であり、政治は血が流れない戦争である、と言っていたのだから。

それで政治だが、政治の世界でのプロとアマのちがいも、絶対政治感覚の有無で判断できるのではないかと思っている。この春にローマを訪れた民主党の一議員と私の間に、次の一問一答が交わされた。

「どうして小泉首相は、ああも幸運に恵まれているのですか」

「優れた政治感覚の持主だからでしょう。なぜなら、政治上の決断は、まだ結果がどちらにころぶかわからない時期に下さねばなりません。良いほうにころんだとしたらそれは、決断した当人の感覚が冴えていたということですね」

しかし、分野が何であろうと、この種の絶対感覚は、いったんもてば、それ以後も維持できるというような、簡単なものではない。使わないと劣化してしまう脳や筋肉と同じで、常日頃の注意と訓練があってこそ維持も可能になる。しかも、いったん鈍化すると回復は実に困難という性質まで合わせもつ。政治の世界ではマスコミが、運に見離された、の一言で片づけるようになる現象だが、運が見離したのではなくて、その人の政治感覚が鈍ったのにすぎない。だが、この種の絶対感覚を武器にしている人にとっては、鈍化は死活問題になる。


音楽家は音楽会の切符が売れなくなり、作家は本が売れなくなるが、銀行員並みになったソロスにおカネを託す人はいなくなるだろう。軍人ならば、止まらない出血のように部下の兵士たちが死んでいくのに、攻略にはいっこうに達せない。政治家ならば、票を減らすことからはじまり、ついには失脚ということになる。

こうなってしまった後で復活するのは大変な難事なので、取り返しのつかない事態になる前に手を打つ必要があるのだが、それには具体的にどんな手段があるだろうか。

まず第一に、反省することですね。それも、自己反省。周辺の事情に変化があった、などと言ってみても無駄である。今までは周辺の事情がどう変化しようと良い成果を得られたのに、それが得られなくなったということはカンが鈍ったゆえなのだ。だから反省は、徹して自分の言行の反省に限定するべきである。

そして自己反省は、絶対に一人で成されねばならない。決断を下すのも孤独だが、反省もまた孤独な行為なのである。自分と向き合うのだから、一人でしかやれない。もしかしたら、プロとアマを分ける条件の一つである「絶対感覚」とは、それを磨くことと反省を怠らないことの二つを常に行なっていないかぎり、習得も維持もできないものなのかもしれない。

アマがプロを越えるとき

先日、ロンドンに駐在しているという一人のサラリーマンから手紙をもらった。その人の質問は前回の「プロとアマのちがいについて」に関してで、あの中で書いた、四十代に入って始めて大軍を率いる地位に就いたユリウス・カエサルが、なぜ、プルタークの『列伝』ではアレクサンダー大王と比較してとりあげられるほどの軍事のプロになれたのか、そしてその理由が人間一般への洞察力にあったとしているが、この辺の事情をもう少し具体的に話してくれというのである。それで今回はこれに答えることにするが、具体的に述べる前に結論を先に言ってしまう。

カエサルの軍事面での成功の最大要因は、アマチュアでスタートした後も並のプロなどにはなろうとせずに、一貫してアマチュアで通したことにあり、それによってこそ一流のプロさえも越えることができたのである、と。

古代世界の名将となれば欠くことは許されないアレクサンダーとハンニバルだが、二人とも王や王に等しい地位にあった人の息子に生れたので、十八歳で、全軍ではないが騎馬軍団を率いて戦場経験を始めている。

一方、カエサルの指揮官としての初体験は、彼が四十二歳の年に始めたガリア戦役。一兵卒でも兵役に就く年齢は十七歳からと決まっていたローマだから、四十二歳の初体験までは二十五年間もあったことになるが、その間のカエサルは、最高権力者にたてついたおかげで逃げまわったり海賊に捕われたり、最高権力者が死んだのでようやくローマにもどったもののプレイボーイで名を馳せたり、また公職も人並に勤めたりして前半生の修羅場はくぐってきたのだが、戦場という修羅場の経験だけはなかったのである。

それが、四十二歳で突如、一万八千の兵を統率する地位に就いたのだ。しかも、彼らを率いてガリアに攻めこみ、最終的には五万になる兵を率いて、八年かけたにしろ、現代の西ヨーロッパにあたるガリア全土を征服してしまったのである。そのうえ、彼がルビコンを渡ったことではじまった内戦でも勝ち進み、命運を決するファルサロスの会戦では、ローマ最高の武将とされていたポンペイウスまで破ってしまったのだった。

それで古代屈指の三武将としてもよいアレクサンダーとハンニバルとカエサルの戦法の比較だが、ギリシア人のアレクサンダーは、どの戦闘を見ても同じ闘い方をしている。戦史上での彼の最大の功績は、それまでは戦場ではお飾りでしかなかった騎兵の機動性に目をつけそれを活用したことである。彼自ら騎兵団を率いて敵軍の主力に向って突撃することで、敵の主戦力を緒戦で早くも粉砕するのがこの人の戦法であった。粉砕しさえすれば、後は重装歩兵が始末をつけてくれたからである。現代戦に例を求めるとすれば、空爆による猛攻を浴びせておいて、その後で地上軍が戦闘を終えるのと似ている。

ハンニバルがアレクサンダーの戦法を学んだことが確かなのは、この人もまた騎兵の機動性を最大限に活用した人であるからだ。だが彼には、アレクサンダーとは同じ戦法はとれなかった。カルタゴ人のハンニバルにとっての敵はローマで、ローマ軍の主戦力である重装歩兵団は、騎兵の猛攻を受けたぐらいではびくともしなかったからである。

それでハンニバルは、騎兵戦力を左翼と右翼に二分し、それが敵の背後にまわりこむことによる包囲壊滅作戦を考え実行したのだった。この見事な例がカンネの会戦で、現代戦で言い換えれば、まずアパッチ型のヘリコプター群を送って敵の退路を断ち、同時に前面からは陸上軍の攻勢をかける戦法をとるとすれば、それに似ている。

アレクサンダーとハンニバルの戦法は、戦史《バトル》の専門家ならば誰もがとりあげるし、現代でも軍事大学の教材になっている。それは、戦闘の方式《メソッド》を創り出したからで、時代を越えても応用可能でなければメソッドにはならない。

ところが、ウェストポイントの教材にもならなければ戦史の専門家たちもどう解釈してよいかわからなくて困惑するのが、カエサルのとった戦法なのである。

まず、数多くの戦闘に一貫する方式がない。戦闘は、その場その場で適切と思われる戦法で闘われたので、現代に応用は不可能。だがあの時代では勝ったのだ。また、連戦連勝のアレクサンダーやハンニバルとちがって、カエサルはときには負ける。ただし、負けた場合でもいち早く挽回した。

そしてここが、最後の一戦を落としたハンニバルとちがうところだが、ガリア戦役でも内戦でも、決定戦となると必らずモノにしたのである。

ガリア戦役を決めたとされているアレシアの野で展開した攻防戦だが、五万を切る軍勢しかもっていないカエサルの敵は、アレシアの城塞にこもる八万と、その応援に駆けつけた二十五万八千であった。全ガリアが、対カエサルに起《た》ったのである。このような場合は、一方を破った後で返す刀で他の一方をたたくのが常法だろう。ウォーターローでナポレオンが敗れたのはそれに失敗したからだが、カエサルは、八万と二十五万八千とを同時に敵にするやり方をとったのである。合計三十三万八千に五万で当るだけでも暴挙だが、それが真中に陣取って、右と左から攻めてくるのを同時に相手にしたのだから正気の沙汰ではなかった。それでいて、完勝できたのはなぜか。

ここではくわしく書く紙数がないので一言で片づけるしかないのだが、カエサルが味方敵ともにその心理を読みとり、それぞれに適応した対策を立てて戦闘に臨んだからである。配下の兵士たちに対しては、士気をあおるよりも恐怖心をとり除くほうを優先した。それには、敵の襲撃の速度を少しでも落とすための防御設備の工事も、単調な労働にならないように種類を変えて行うようにしている。そして七倍近い敵に対しては、緒戦で勝てないととたんにひるむガリア人の性向を突いたのだった。

このカエサルが、現代戦を率いる将官養成の教材にはなれず、戦史でも敬遠されるのは仕方のないことかもしれない。だが、アマチュアがその道のプロさえも越えるのは、プロならば考えもしなかったことをやるときなのだ。それには、徹底した現情直視と、それまでの方式、つまり常識、にとらわれない自由な発想しかないのである。

なぜこうも、政治にこだわるのか

処女作の頃だから、ずいぶんと昔の話になる。その頃滞在していたのはヴェネツィアだったが、そこの地方新聞で、ローマ帝国末期に侵入をくり返していた蛮族から隠すために地中に埋めた品々を集めた展覧会が、近くの町パドヴァで開かれていることを知った。もちろんのこと当時の私は、いずれはローマ史を書くことになるとは思ってもいない。だが、ヴェネツィア自体が、蛮族から逃れた人々が潟の中に築きあげた都市なのである。それで何となく興味をもったのだが、晴れてはいても寒い日だった。展示の会場の入口が閑散としているのも、北イタリア特有のこの寒さのためかと思ったのだった。

ところが、閑散としている理由は、展示品を見てまわるだけで納得したのである。襲ってきた蛮族から守るために地中に隠したのだから、金銀財宝にちがいないと、誰でも期待する。だが、そのたぐいの貴重品は一つとしてなかった。展示されていた品のほとんどは、日本式に言えばナベ・カマ。鉄製ではあったが、日用品の域を越えるものは一つもなく、大ローマ帝国の金銀財宝を見られると期待して行った人は、一人残らず失望しただろう。

科学的な調査によって五世紀半ばのものと立証されていると説明書にはあったが、そのような史実よりも黄金づくりのコップや水さしのほうが、多くの人の興味を引くのは当り前である。というわけで会場には、他の展覧会では必らず見かける監視の人さえもいなかったのだが、私の頭の中はわき起る疑問でいっぱいになったのだった。

なぜ、ナベ・カマのたぐいまで隠さねばならなかったのか。

大ローマ帝国の住人でありながら、帝国終焉も間近かの五世紀ともなると、そのような品しか彼らには、隠すに値する資産はなかったということか。

とは言っても、金銀財宝に縁のある人々もまだいたはずである。その人々は、財宝を奪われた末に殺されたのか。それとも、どこか他の土地にいち早く難を避けたのか。

今日では世界有数の観光地になっているヴェネツィアだが、建国した当時は、満潮時でも顔を出している中州に、無数の木の杭を打ちこんだ上に石を敷いて家を建てる土地を確保することから始まったのである。だが、この人々が家を建てるに必要な木材や石材を手に入れることができたのは、浅瀬を囲むことで生産した塩を購入代金にしたからであった。つまり彼らは、ほとんど無一文で逃れてきた人々なのである。

それならば、裕福な人々はローマに逃れたのか。

これにＮＯと答えるくらい、簡単なことはない。侵入してくる蛮族はいずれも帝国の首都ローマを目指していたので、そのローマに逃げることくらい愚かな避難策はなかった。となれば、どこに逃れたのか。

それへの答えは、あれから四十年が過ぎようとしている今になって始めて出しつつある。なぜなら、その後の二十年はルネサンス時代を書き、それを終えてスタートしたローマ史もようやくにして終わりつつあるからだが、それらを書くための勉強でわかったのは、やはり金銀財宝を持っていた人の多くはいち早く安全な地に逃げていた、ということであった。

地位や権力や財力を持っている人は危険が迫るやいつでもどこにでも逃げられたのに対し、地位もなく権力もなく資力もなかった庶民は、そこに留まるしかなく、地中に埋めたナベ・カマを掘り出すことさえもなく殺されていったのである。

このことで私は、個人でできることとできないことのちがいについて、考えずにはいられなかった。そして政治とは、個人ではできない事柄を代わって行うことではないか、と思い始めたのである。

誰の言葉か忘れたが、魚は頭から腐る、というのがある。魚の身にあたる庶民は、意外と常に健全なのだ。しかし、頭が腐ると、それもいずれは身に及んでくる。かつては下部構造は上部構造に代わりうるとする説が流行ったが、あれも今では人間性に無知な人のいだいた幻想であったということが明らかになっている。つまり、ローマ史ならば、上部構造が機能しなくなると、上部構造自体はさっさと逃げてしまい、上部構造が機能しなくなったがゆえの弊害を、残された下部構造だけがモロにかぶる、という感じであったのだ。

これが、ローマ帝国末期に起った真の悲劇である。発掘されたナベ・カマのたぐいの日用品を見ていても、蛮族にはまねのできない技術をもっていたことがわかる。それでいながら、殺され滅んだのだ。国の安全保障の責任を負う国政が、ガタガタになってしまったからだった。

国の政治は、権力や財力をもつ人々が彼らの利益のみを考えてやるもので、われわれ庶民には関係ない、と思っている人が多いのが、投票率の低さの要因かもしれない。しかし、それは思いちがいだ。国の政治くらいわれわれ庶民の生活に直結していることはない、とさえも言える。

会社でも、破産でもすれば最も被害をこうむるのは、外資でもどこでも行き先に不足しない人ではなく、会社がつぶれようものなら行き場のない人々であろう。ならば、会社の経営状態に誰よりも関心をもち、その向上を誰よりも願うのは、幹部社員ではなくて一般社員であるはずだ。国家も、それと同じなのである。

しかし、このような話をすると、返ってくる答えは決まっている。今の政治家には人材がいない、というのだ。だが、ほんとうにいないのだろうか。それとも、人材を見出し育てる意欲が、マスメディアにも有権者にもない、ということではないだろうか。

人間とは、期待されるや自分では思いもしなかった力を発揮することもあるという、不思議な生きものでもある。だから、国の政治とはいかに重要か、それゆえにあなた方に期待しているのだとでも言って、激励してみてはどうであろうか。今のように、欠点をほじくり出しては軽蔑と非難を浴びせるのではなくて。

もちろん、有権者の権利である監視は必要だ。なにしろ永田町も、選挙というフィルターがあるとはいっても、フィルターづくしの経済界に比べれば閉鎖社会である。この永田町では、期待される政治家と言われた人でもたちまち〝行かず後家〟と化す危険があるので、監視は絶対に必要なのである。だがその監視も、蹴落とすのではなく押し上げる想いでやるならば、当の政治家が喜ぶだけでなく、われわれにとっても良い結果をもたらすことになると思う。資源に恵まれない日本は、持てる資源を活用するしかない。政治家も日本人である以上、資源の一つではないか。

どっちもどっち

歴史に対する「姿勢《スタイル》」ならば、私は原典第一主義である。つまり、研究者が引用する史実では満足せず、史実そのものにじかに当るというやり方だ。それは、事件に際しての証人尋問を、それを行った刑事の調書から知るのではなく、私自身がじかに証人から聴きとるのに似ている。いかに不偏不党のつもりでも人間であるからには多少なりとも侵入してしまう、フィルター効果を避けたいからである。それが現代に対しても、この私の姿勢《スタイル》は変わらない。

というわけで、テレビ上でのブッシュとケリーの三回戦も、始めから終わりまで見た。アメリカの大統領はアメリカ一国のリーダーでは留まらず、世界情勢にも多大な影響を与える存在でもあるからで、だからこそ世界中のメディアが注目しているのである。

見終わった後の感想を一言で言えば、どっちもどっちだ、であった。

アメリカの多くの有権者にとっては重要な関心事であるらしい人柄や話しぶりなどは、それもとくに嘘をついたとかつかないとかは、私の関心事ではない。それよりも何よりも、大統領に選ばれた後はどうするのか、であったのだ。もちろん、アメリカ人ではない私にとってのそれは、イラクを始めとした諸々の対外問題に決まっている。それなのに二人とも、具体的な方策には言及してくれなかった。おかげで、どっちもどっち、と思うしかなかったのである。私がアメリカ人だったら、どちらに投票するかは大変に迷ったにちがいない。

この一文が読者の眼にふれる頃には、結果はすでに出ている。しかも、現代政治が専門でない私には、投票日の二週間も前に結果を予測するなどという能力はない。

それでもなお、投票という手段によって関与できるアメリカの有権者とちがって、関与できないのに影響だけは受ける立場にいる外国人から見れば、ブッシュが勝ったほうがよいのではないかと考えている。

とは言ってもそれはただ一点においてであって、その一点とは、ブッシュが負ければテロリストたちが凱歌をあげるからだ。そして、退場するのはブッシュ一人に限らず、ブレアから始まって、ブッシュと同盟していた各国の首脳の全員が退場するだろう。テロリストの完璧な勝利、以外の何ものでもない。

しかもテロリストたちは、イスラム社会でも勝利する。なぜなら、どの社会でも過激派と穏健派の分れ目は思うほどにははっきりとしてはいないからで、穏健派はしばしば、凱歌をあげる過激派に引き寄せられてしまうからだ。勢いづいた人は、誰にとっても魅力的に見える。その結果、少し前までは少数派であったのが、実に簡単に多数派に一変する。

ただし、ブッシュが勝ったとしても、このリスクが消えるわけではない。人間とは、勝った後でも二種に分れるからである。

第一は、過去の誤りを冷徹に見極わめ、勝ったことで確実にした地位と権力を活用して、軌道修正に踏みきれる人。

第二は、勝利は過去の誤りがなかったことの証しと思いこみ、これまでの軌道を、これまで以上の頑固さで突き進む人。

ブッシュが勝つとすれば第一の種類になってくれることを心から望むが、しかしそれは、自分個人の保身や出世も忘れてトップに諫言《かんげん》する、協力者がいるかいないかにもかかっているのである。自分自身で軌道修正できる人はもうそれだけで一級のリーダーだが、そのような人物はめったに現われるものではないからだ。たいていの人は、誰かに指摘されてはじめて、軌道修正の必要に目覚める。

しかし、もしも日本のためという一点のみに立つとするならば、ケリーが勝つほうがよいかもしれない。民主党は本来的に親中国で嫌日本であるからで、アメリカから突き放されて日本ははじめて、自分の国の行方について真剣に考えるようになるだろう。共和党時代のような微温的状態から、頭から冷水を浴びる状態になるのだから。

真剣に考えた結果が、アメリカとは対等な立場に近づくことによっての親密な同盟国になるのか、それともいっさいを放棄してアジアの一国になるのかはわからない。だが、少なくとも国民は真剣に、日本の行方は自分たちの行方と同じであることに、考えが及ぶようにはなるだろう。ケリーの勝利は、だから日本にとっては、ショック療法にはなりうる。

大統領選の予想はどうやら、時々の上下はあっても五分五分で来たようである。おかげでメディアも、競馬の予想に似た活況を呈してきた。イギリスのブックメーカーも活気づいたようだし、イタリアの駐米特派員に至ってはまじめ不まじめ合わせての大合唱で、中にはこんな珍説まで唱えた者もいた。

その人はこれまでの大統領選の結果をすべて言い当てたと言っているのだが、その根拠が変わっている。選挙のある年のハロウィンで扮装用の似顔マスクがより多く売れたほうが勝つ、というのである。今年のハロウィンで売れたのはブッシュであったそうで、だから選挙でもブッシュが勝つ、というわけだ。


どっちに転ぶかわからないからこそ予想屋が大繁盛したのだが、国政担当者もそれと同じであっては困るのである。私だったら、今年に入ってから早くも、二股かけていただろう。ブッシュへのルートとは別に、ケリーへのルートも敷いておくということだ。

もちろん、同じ人物を使ってそれをさせては、倫理的にも政治的にも愚かなやり方だから、ケリー陣営へのルートづくりには別人を使う。しかもその人と方策の選択は、ブッシュが勝ったとなればただちに白紙にもどせることを考えて、成されていなければならない。個人が二股かけるのと国家が二股かけるのとでは、やはりちがうし、またちがわなければ用を成さないからである。

ルネサンス時代の人であったマキアヴェッリは、次のように言っている。

「天国へ行くのに最も有効な方法は、地獄へ行く道を熟知することである」

国政担当者ならば、二股かけるくらい当然ではないか。この人たちにとっての責務は、国民を天国に向わせることにあるのだから。この程度の事前対策は、いくら何でもなさっていたのでしょうね。

気が重い！

この連載をやめさせてくれと編集長に願い出たら、まだダメですと一蹴された。時間が無いのではない。書くテーマが無いのでもない。それどころか今の日本も世界も問題山積という状態なのだが、それらに立ち向うのが気が重くなってしまったのだ。

ブッシュは勝ったがパウエルは退場し、代わって登場したのがライス。調整役をさせれば達人だという。でも、ホワイトハウス内での調整の達人なのでしょう。海千山千が手ぐすねひいて待っている国際政治の舞台で、学校のお勉強ならば良くできたお方で大丈夫なのだろうか。

しかも今回は、脇役ではなくて主役である。リードする能力がないと勤まらない役割だから、調整力よりもまず先に、立案しそれを他国の同僚たちに説得する能力が求められる。学校秀才だったのだから理解力ならば抜群にちがいないが、理解する能力と説得する能力はイコールではない。立案するのはチェイニーで、それを国際舞台に持っていって調整するのはライス、になるのかと想像すると気が重くなる。なぜなら、軍事的にはアフリカの一国ですらも手をこまねく程度でしかなくても口だけは達者なフランス、ないしはヨーロッパにとって、メッセンジャーガールくらいカモにするには格好な存在もないからである。

とは言ってもパウエルにも、外政担当者にとってはとくに重要な、必要限度ぎりぎりの「悪」がなかった。必要限度ぎりぎりの悪とは、御汁粉に入れるごく微量の塩に似ている。誠意という形を維持しつつも相手を説得していくには必要な一種のズルさなのだから、いつどれだけ使うかにはなかなかの技能を要する。あの人は有能な軍人で誠実な男であったにちがいないが、政治家（真の意味の）ではなかったのだろう。

それでも、これからのブッシュには希望は一つある。ブレアに突っつかれたからかどうかは知らないが、四年のうちにパレスティーナ国家を建設すると宣言したのがそれである。もう何でもいいから、せめてはあの問題くらいは解決してくれという気持だ。

第一に、パレスティーナをあのひどい状態のままで放置するのは、人間社会の恥であるという理由。

第二は、テロリストから大義名分を奪い取るためにも、早急の解決が不可欠であるという理由。

ただしこの問題も、他の多くと同じに全面解決は容易ではない。長年にわたって紛争がつづいている状態とは、当事者の中に必らず、紛争がつづくほうが利益になる誰かがいる。この「誰か」にとっては解決しないほうがトクになるので、解決の道筋が見えはじめるや妨害する。だからこの種の問題解決には、何よりも先にその「誰か」を見つけ、見つけしだいにその「誰か」を排除することが重要なのだ。

人は言う。当事者間で解決されるべきだと。それでも私が当事者間での解決にほとんど期待をもてないでいるのは、当事者まかせだと、その「誰か」を見つけ排除することが困難だからである。なにしろ、真の敵は「身内」なのだ。第三者の積極的で断固とした介入のほうが効果あるのも、この理由による。

そして、この問題に対して積極的で断固とした介入をできるのは、残念なことだがアメリカしかいない。ブッシュやライスがノーベル平和賞をもらうことになってもかまわないから、パレスティーナだけはどうにかしてくれ、という想いになっている。アラファトが死んだ今が好機だ。過去とのつながりが大きすぎる人は、次に進むときには退場してもらうしかない。それにノーベル平和賞の価値も、政治家がもらうようになって下落しましたしね。

　気が重いのは、日本に帰ってきてこれを書いているからかもしれない。イタリアのテレビでも新聞でもたびたび取り上げられたが、今年の日本を襲った天災はひどかった。向うの人たちと話していても、大変ですねとお見舞いを言われた。それに私は、なにしろわが日本には地震・雷・火事・親父という言い方がありまして、親父の脅威は昨今は落ちたようですが、地震と台風の脅威はあい変らずなのです、などと冗談で返していたが、帰国して詳細を知るや、その大変さはまじめに痛感した。

　地震の怖ろしさは、イタリア人にはよくわかる。なにしろ、国土全体が火山帯の上に乗っている国は、日本とイタリアだけなのだから。とは言ってもこの両国は、だから温泉に恵まれているのだし、美味い酒にも恵まれているのです。

　それに日本人は、眼の前に突きつけられた課題の解決能力ならば、非常に優れている。自然災害から立ち直る力は、個人の水準ならば、必らずや充分にちがいない。ただし、個人の努力ではフォロー不可能な分野を担当するのが「公」の役割だから、ここはもう本格的なインフラ工事の出番ですね。でないと、国土交通省の名が泣きますよ。

久しぶりにわが祖国に帰って来ているというのに気が重いのは、滞在先のホテルのテレビでイチローのインタビューを観たせいもある。アメリカ人がつくった記録を八十四年ぶりに日本人が破ったというのも快挙だが、この人が語っていた一句が頭を離れなくなった。先が見えたら恐怖を感じた、とかいう一句である。

年に一巻づつ刊行して、十五年かけてローマ全史を書くと決めたのは、誰に言われたからでもなく、私が一人で決めたことなのだ。それを出版社がOKしてくれたのでつづいているのだが、今年末に刊行されるのは十三巻目だから、残るのは二巻になった。これまでは、やると言ったからにはやるしかないと思って書きつづけてきたのだが、私の場合も、先が見えたんですね。それで襲って来たのが、あと二巻だという安堵ではなかった理由が、イチローの言葉でわかったのだ。つまり、安堵ではなくて恐怖であることが。

なぜだろう。次の第十四巻もその次で最後になる第十五巻も、構想はすでにできている。来年末に刊行予定の第十四巻に至っては、本のカバーの図柄も決めているし、どのように書き始めるかも決めている。一年に一巻刊行という読者との約束も、少しづつ刊行時期はずれたにせよ果してきた。残る二巻も、これは守れるだろう。それなのに気が重い。しかし、自分で言い出して始めた作業なのである。先が見えたとたんに襲ってきた恐怖も、一人で耐えるしかないのだろう。会う人ごとにぐちってみたけれど、ダメでしたね、やっぱり。

「ハイレベル」提案への感想

事務総長アナンの主導で設置された「ハイレベル」委員会による、国連改革最終答申なるものが公表され、安保理常任理事国入りも視野に入ってきたと、日本では政府も外務省も元気づいているらしい。だが現実は、元気づけるほど楽観的であろうか。

まず、安保理の現状は次のようになっている。

たとえ他のすべての国が賛成しようとも一国でも反対すれば成立しないがゆえに、これ以上の強権はないと言ってよいほどの権力である「拒否権《ヴエトー》」を有する米国、英国、ロシア、フランス、中国の常任理事国五カ国。

この「拒否権」を与えられていず、しかも任期は二年で連続再選も不可という、非常任理事国十カ国。その内わけは、アフリカ三、アジア二、中南米二、西欧その他二、東欧一なのだそう。この内わけなるものがあるために、世界情勢を左右するやもというのに、名前ぐらいしか知らないような国でも安保理に坐わっていたというわけだ。とはいえ、現行の安保理は、この十五カ国で構成されている。

それでハイレベルな人々が考えた改革案だが、AとBの二案に分れている。分れたのは、十六人の賢明なる頭脳をもってしても一つに決められなかったということだろう。

〔A〕常任理事国拡大案――常任理事国を、現在の五カ国と新らたに追加する六カ国の十一カ国にする。ただし「拒否権」は、新参加の六カ国には与えない。そしてさらに、任期二年で連続再選不可の十三カ国を合わせ、安保理はこの二十四カ国で構成される。

〔B〕準常任理事国新設案――常任理事国五カ国は現状維持。ということは、「拒否権」をもちつづけるのはこの五カ国のみ、ということだ。

ただしこのB案の新味は、任期四年で連続再選も可という準常任理事国を、新らたに八カ国加えたところにある。その内わけはアジア二、アフリカ二、欧州二、北南米二。「準」というのは日本語訳で原文の英語ではどうなっているのかは知らないが、辞書によると「準」は「次に位する」だから、拒否権をもちつづける正常任理事国五カ国の「次」ということではまちがいないだろう。つまり、一流国に次ぐ二流国というわけだ。なにしろ、連続再選は可といっても再選されなければ話にならない以上は、四年ごとに選挙運動を宿命づけられるということになる。それも、「ハイレベル」の一人であるスコウクロフト元米大統領補佐官の言うように、準常任理事国案の利点は四年ごとの選挙があることで、そのたびに候補国の貢献度をチェックできるところだそう。いやまったく、これ以上の二流国定義もないですね。

そしてこれにさらに二年任期でこちらのほうは連続再選不可の十一カ国が加わって、ということは一流、二流、三流の計二十四カ国で安保理を構成する、というのがB案というわけ。とは言っても、四年ごとにしろ選挙を経るというのに「準常任理事国」とはどういう意味だろう。それならばもはや「常任」ではないと思うのだが。英文ではどうなのか、ここでも知りたい。

しかし、正直言ってがっかりした。ハイレベルな人々を集めたからには、もう少し「ハイレベル」な答申を期待していたからである。第二次大戦の勝者たちによる世界支配の有効な機関でありつづけた安保理も、六十年が過ぎ、今や抜本的な改革が求められる、とか。五大国から「拒否権」をとりあげる案が非現実的であるのはわかるが、五大国の「拒否権」維持を正当化することにもなるAB両案の提示に入る前にせめて、たとえ非現実的ではあろうと本源的ではあることの明示ぐらいはしてほしかった。

それなのにこれでは、ローレベルの国連職員でも考えつきそうな内容ではないか。外部にいてしかも賢明な人々だからこそ、国益にとらわれずに目線の高い、自由で本源的な意見が言えたのにと思う。

そのうえ、メキシコのベルーガ国連大使が安保理改革に執着する日本に対して、「安保理改革は国連活性化の手段であってそれ自体が目的ではない」と苦言を呈したというのには、バカ言わないでよね、と言いたくなった。

たしかに、手段ではある。しかし、「手段」をつめることなしに口にする「目的」は、空証文以外の何ものでもない。ゆえに、「国連の活性化こそが世界が直面する難問解決の糸口になりうると確信している日本が、安保理改革に熱意を燃やすのには充分以上の理由がある」とでも、言い返してやればよかったのだ。

小泉・シュレーダーの日独両首脳が会談後の共同コミュニケで言ったという、「安全保障理事会が今日の現実をよりよく反映するためには、常任・非常任理事国双方を拡大しなくてはならない」という言にもがっかりした。

一国の首相ともなれば建前を口にしなければならない事情はわかる。だからそれを聴くわれわれは頭の半分のみで聴いているのだが、残りの半分では現実を見すえる行為を習慣にしていないと、世の中きれいごとですべてが解決できると思いこむ危険があるのだ。

それで残りの半分だが、まず第一に、権力《パワー》とは、拡散すると弱くなるという性質をもつ。ゆえに権力をもつ側にとって、拡散や拡大くらい不利なこともない。「今日の現実をより良く反映するため」などは、この不利の前には知ったことではないのだ。「拒否権《ヴエトー》」をもつ五カ国は、この権力を手離さないし、他国に与えることもしないだろう。

とくに中国は、半永久的に日本を二流国に定着させるこの好機を絶対に逃さないだろう。もしも私が中国側の要人ならばそうするからで、中国を非難しているわけではない。

米国の賛成とて、怪しいものである。「拒否権」なしにしろ日本を常任理事国にするということは、話にあがっている他の三国もしなければならない。ところが、ドイツは味方してくれるとはかぎらないことは実証済みだし、インドはともかくブラジルもこの点では同類だ。一人の味方を引き入れる代わりに、敵にまわる可能性少なからずの国を二つも同時に引き入れるほど、米国はお人良しであろうか。

そして、ロシアと中国。もしもこの二国も拒否権なしの日本の常任理事国入りに同意するとなれば、それはもうすさまじい代償、つまりカネとの引き換えになる怖れがある。それほどの代償を払ってまで、得る価値をもつ地位であろうか。

「ハイレベル」には悪いが、安保理改革はおそらく今回も現実化しないだろう。改革の鍵をにぎる国々に、改革してトクなことは少しもないからである。ゆえに日本が為すべきことは、血迷ってわれを忘れることではなく、何をどうやればディグニティをもちつつ国連に協力できるかを、冷徹に見極めわめそれをやることだと思う。

カッサンドラになる覚悟

古代のギリシア民族が神話・叙事詩・悲劇・喜劇を通して創造した人間の種々の相は、二千五百年が過ぎた現代でもその適確さをまったく失っていないが、その一人にトロイの王女カッサンドラがいる。

この王女に恋した男神アポロンは、将来を予見する能力を贈物にすることで彼女に迫った。目的はもちろん、ベッドを共にすること。多神教の世界であった古代では、神々といえども人間的なのである。

それゆえか、その神の一人に惚れられた人間のほうも、恐縮のあまりに簡単にOKする、などということはない。カッサンドラもアポロンに、決然たる態度でNOと言う。それには怒ったアポロンだが、そこはやはり神、ならば贈物は返せなどと、ケチな人間の男のようなことは求めなかった。贈った予見能力は、以後も彼女がもちつづけることは認めたのである。ただし、ある一事をつけ加えた形で。

それは、カッサンドラがいかに将来を予見し警告を発しようと、人々からは聴き容れられず信じてもらえない、という一事だったのである。トロイは、彼女が予告したとおりに滅亡する。だが、落城時の阿鼻叫喚の中で、誰が、これを早くも予想しそれへの対策を訴えつづけていた王女を思い出したであろうか。予言しても聴き容れてもらえず、それが現実になったときでも思い出してもらえないというのだから、これ以上に残酷な復讐もない。

以後、ヨーロッパでは、現状の問題点を指摘し対策の必要を訴えながらも為政者からは無視されてきた人を、「カッサンドラ」と呼ぶことになる。まるで、有識者や知識人の別称でもあるかのように。これもまた、何かを与えれば別のことは与えないというやり方で、神でも人間でも全能で完璧な存在を認めなかった、いかにもギリシア的な人間観と言うしかない。

前回でとりあげた国連改革「ハイレベル」委員会の答申を読んでいて、自然に思い浮んできたのが、日本の政府や省庁が活用しているらしい各種の審議会であった。

「ハイレベル」委員会の答申に対して私は、なぜ出身国の国益に左右されずにすむほどのハイレベルな有識者たちであるのに、六十年も昔の大戦の勝利国が今なお支配するシステムでつづいている安保理の現状は、抜本的に改めるべきとでもいう、本質論を展開してくれなかったのかと嘆いた。なぜなら国連の職員でもまじめに国連を考えている人ならば誰でも思いつきそうな内容で、わざわざ最高の識者を集めて討論した結論が、「セミ・パーマネント」な国をつくるというのだから悲しい。日本語訳だと「準常任理事国」となるらしいが、「セミ」なのになぜ「パーマネント」なのか、私には今でも納得がいかない。

これは、最高の有識者たちであっても、自分たちがほんとうには何を求められているかについての、認識が充分ではなかったからではないかと想像している。言い換えれば、これからの国連のあるべき形を明らかにし、それを実際に動かす力をもつ安保理のあるべき形を提示するのか、それとも実現のほうを重要視し、実現可能と思われる形を提示するのか、である。どうやら「ハイレベル」委員会では、後者の認識に傾いたようであった。

日本の各種の審議会でも、「本質的な形にするための改革」よりも、「現状下でも実現可能な形」の追究のほうが重要視されているように思う。道路公団を例にとっても、日本の道路行政はどうあるべきかの討議よりも、借金をどうするかの計理士水準で終始したようだ。既得権益や省益には無関係でいて道路行政の本質も理解できる能力をもった人を集めていながら、なぜこうなってしまうのだろう。

私の想像するには、いかに有識者でも、いや社会的な地位も名声も高い有識者であればなおのこと、「カッサンドラ」になりたくないからではないかと思う。本質論を展開しても誰からも聴き容れられないのでは、自分たちに課された役割は果せないとでも思っているのかもしれない。

しかし、本質論にもそれなりの効用はある。審議に集中すればするほど目先のことにしか考えが及ばなくなるのが人間だが、その人間に、真の目的はこれだということを思い出させる効用である。つまり、手段を話し合っているうちについつい「目的」を忘れてしまうからこそ起る「手段の目的化」という弊害を、相当な程度に阻止できるという効用だ。そして、理想を論ずることと本質を論ずることは、同じことではまったくない。

審議会でも委員会でも、この種の会議に招かれるほどの有識者ならば、「カッサンドラ」になる覚悟でもって臨むのが本筋ではないかと思っている。事務方を勤める官僚たちに、本質を見極める能力がないからではない。彼らもまたその問題に対処する日々を重ねているうちに、無意識にしろ「手段の目的化」を起しているからで、審議会での本質論議は、問題解決の実際上のルールを敷くという実に重要な仕事を課されているこの人々に、真の目的はこれだということを思い起させるためでもあるのだ。

だが一方では、「カッサンドラ」で終わるのは御免だと思う有識者もいるにちがいない。また、自分の考えを国の政策として現実化したいと考える有識者がいたとしても、それはそれで「知」に一生を捧げると決めた人にとっての選択肢の一つではある。そしてこう考える人には、マキアヴェッリの次の一句が参考になるかもしれない。

「武器をもたない予言者は、いかに正しいことを言おうが聴き容れてもらえないのが宿命だ」

武器とは、この場合は聴くよう他者に強制できる力のことだから、権力と言い換えてもよい。つまり、「カッサンドラ」になりたくなかったら、権力をもつべきだと言っているのである。意に反して一生を「カッサンドラ」で終始してしまったマキアヴェッリの、自らの体験から得た苦い教訓でもあった。

それでこの場合の権力だが、格好な具体例は竹中平蔵氏ではないかと思っている。つまり、審議会の一員であるよりも、直接に公的に国政にタッチするほうを選択した例として。

彼の行いつつある政策が真に日本のためになるかという問題は、ここでは措く。それよりも、カッサンドラか竹中平蔵か、とでもいう感じで有識者が問われている、生き方の例としてである。というわけだが、審議会常連の諸先生方は、どちらを選ばれるのであろうか。

倫理と宗教

日本では、昨今とくにいちじるしい倫理の低下は、日本人が宗教をもっていないがゆえだと思っている人が多いようである。そして、そう考える場合の「宗教」とは、キリスト教やイスラム教に代表される一神教こそが宗教の名に値するのであって、それ以外の信仰は宗教ではなく、「それ以外」が多い日本人は宗教心をもっていないと言いたいらしい。

この想いが、一神教を信ずる国や人への劣等感の一因になっているようだ。

ならば、一神教タイプの宗教が存在しなかった時代には倫理も存在しなかったはずだが、それはまったくの嘘である。古代のギリシアもローマも多神教だったし、日本だって「八百万《やおよろず》」が正確な数かどうかは知らないが、多神教でつづいてきた。それでいて、倫理がなかったとは言えないだろう。また、一神教の宗教を信じていさえすれば倫理は保証されるというのも、キリスト教とイスラム教の過去と現在を見ればおおいに疑問である。

私の住まいは、ローマの街中を流れるテヴェレ河の東岸にある。家の前を流れるテヴェレの対岸、つまり西岸には、キリスト教カトリックの本山でもあるヴァティカンがある。その聖《サン》ピエトロ広場に集まった信者たちに、ローマ法王が短いスピーチをし祝福を与えるのは、日曜ごとにくり返される恒例の行事になっている。

信者といっても観光地化したローマのこと、土地っ子よりも外国人のほうが断じて多い。私もイタリアに来た当初は好奇心もあって何度か参加したが、その後は、テヴェレ河を渡るだけなのに無縁になった。それでもイタリアはキリスト教国なので、お昼のテレビニュースでは、その朝に法王が何と言ったかは報道する。それを見、聴きながら思う。なぜ二千年もの間、同じことをくり返して言えるのだろうか、と。

ローマ法王が信者に向って説くことのほとんどは、私のようなキリスト教を信じていない者から見ても正しいのである。イエス・キリストの教えに忠実な生活をせよというのには無関係でも、平和が人類にとっての最上の価値であり、戦争は悪であるがゆえにやめるべしというのには双手をあげて賛同する。

だが、そう説かれる間でも世界の各地で戦闘はつづいているし、戦場になっていない国でさえも人間の悪業はやまない。これは、二千年このかた、キリスト教が支配するようになってからならば一千六百年の間、まったく変わらなかったのだった。だからこそ、羊である信者を導く羊飼いということになっているローマ法王が、同じ内容をくり返して説くことになってしまうのだろう。つまり、成果がいっこうに表われないものだから、一千六百年にわたって同じことを説きつづけてきたというわけである。

しかし、キリスト教会という組織体を、宗教組織とは思わずに、国家とか企業とかの世俗型の組織と考えたらどうだろう。世俗型の組織ならば、こうも長きにわたって成果が表われないのでは、まずもってトップは更迭されるだろうし、それではすまずに組織自体が存在できなくなるだろう。ところがキリスト教会くらい、長く存続してきた組織もないのである。発生時から数えれば、二千年もの長きにわたってつづいているのだから。

日曜日とて朝寝坊し、朝食兼昼食をとりながらつけっ放しのテレビから流れてくるローマ法王の声をぼんやりと聴いていて達した私の考えは、宗教がかくも長きにわたって存続できるのは、いっこうに成果が表われないがゆえ、ということだった。

ここが、宗教という「聖なる組織」と、聖などではまったくない世俗の国家や企業とのちがいである。

そのうえキリスト教もイスラムも、成果が出ない場合に実に適した〝理論武装〟までしている。神の教えに従わなかったから、というのがそれで、成果に結びつかなかった責任は、それを説いた神にではなく、説かれたのに実行を怠った人間のほうにあるというわけだ。私は共産主義には同意できないが、宗教はアヘンであると言ったマルクスには、同感しないでもない。


二十一世紀に入ってからの世界は、キリスト教とイスラム教という二大一神教同士がにらみ合い、互いに相手に負けまいとして声を張り上げ、しかもそれでも足りずに腕力を競い合うという、やっかいな状況になりつつある。このような時代には、一神教徒でないと肩身が狭いような思いになったとしても無理はない。しかしほんとうに、それには確かな根拠があるのだろうか。

もちろん、自分たちの信ずる神以外の神は認めないからこそ一神教徒である人々にすれば、古代ローマの三十万どころか八百万という日本の多神教は宗教ではないと言うだろう。だがこの考え方はあくまでも、宗教は一神教しかないと思う人の考え方である。

しかも、一神教と多神教のちがいは、一人と多数という神の数にあるのではない。最も本質的なちがいは、一神教には他の神々を受け容れる余地はないが、多神教にはあるというところにある。要するに、他者の信ずる神を認めないのが一神教で、認めるのは多神教なのだから。

そして、ここが最も重要な点なのだが、信仰という行為が多くの善男善女にとって大切なことである以上、他者の信ずる神の存在を許容するという考え方は、他者の存在も許容するという考えと表裏関係にあるということである。これを、多神教時代のローマ人は、「寛容」(クレメンティア)と呼んでいた。

というわけだから、宗教をもたないと言って非難してくるキリスト教徒やイスラム教徒がいるとすれば、それに対してできるわれわれ日本人の反論は、多神教徒ゆえの「寛容」を旗印にかかげることにつきる。多神教が伝統であるがゆえに他の宗教を信ずる人々への寛容性も、まるで肉体を流れる血になっているのが日本人である、とでも言えばよい。なぜなら、あなた方こそ非寛容だとする論法くらい、一神教にとってのアキレス腱はないからである。そして、こう言った後は澄ました顔をして、外政なり経済なり文化交流なりを、多神教的寛容で押し進めるだけである。

それに今は一神教のほうが声が高いが、自分たちだけが正しいと信じている人の常で、遅かれ早かれゆりもどしの時期がくる。要するに、「非寛容」で押してきた双方ともが壁に突き当り、やむをえずにしても「寛容」に転換する時期が必らずや来るということだ。そのときこそが日本人の柔軟性が活きてくるときだから、われわれ日本人はそのときを、自信をもって待っていればよいのである。

成果主義のプラスとマイナス

ある経済人が私に言った。ボクの会社ではリストラしない。私はそれに次のように答えた。すでに十年も前からリストラ（再編成）に手をつけていたから今になってリストラ（首斬り）しないで済んでいるので、それはけっこうではないですか。ただし、他の企業もあなたの会社と同じであるとはかぎらないと言いながら、こうはつけ加えたのだ。

以前はバカが大きな顔をしていたけれど、今でもバカはいますが、少なくとも大きな顔だけはしなくなった、と。プレッシャーというと悪い意味でしか使われないが、給料をもらっている以上は、緊張感をもって仕事するのは当然である。そしてこれが、成果主義のプラス面だと思う。

とは言っても、それが世界であろうが国家であろうが一私企業であろうが、人間社会であることでは変わりのない組織の構成員である個々の人間は、全員が同じ質の能力の持主かというとそうではない。

大別すれば、次の三種になるかと思う。第一層は刺激を与えるだけで能力を発揮する人。第二は安定を保証すれば能力を発揮するタイプ。そして最後は、これだけは共同体が福祉を保証しなければならない層だが、刺激を与えても安定を保証しても成果を出すことのできない人。

その割合も、歴史上うまく機能した国の例からすると、二割、七割、一割あたりになる。戦後の日本の経済面での成功は、他の国々が二割に頼っていた時期に、七割の層を活用しきったところにあったのではないか。この第二層は、第一層に比べれば生産性では劣っても、数ならば圧倒的に多数であったのだから。

しかし、時代は変わった。時代が変わるとは、これまではプラスに働らいていた要素がマイナスに働らくようになったということなので、われらが日本が顔色を失ったのも当然である。だがそれで浮足立った結果はどうだろう。もともとが二割の人にしか要求できないことをそれ以外の七割にも求めるという、草木もなびくに似た成果主義一辺倒になってしまったような気がしてならない。これは、成果もあげていないくせに大きな顔をしていた人々のお尻に火を点ける効力はあっても、無視できないマイナスもあわせもっているのではないか。

弊害の第一は、第一層と第二層のちがいは能力の絶対差にあるのではなくて、能力の相対差、つまり能力の「質」のちがいにあるという人間性の現実を、無視したところに発する。その結果、安定を保証されなくなった第二層の生産性が低下したとしても当然だった。不安くらいこの層に属す人々にとっての悪条件はなく、不安の増大が消費の低下に結びつくのも当り前すぎるくらいに当り前であったのだ。

弊害の第二だが、それは、腰をすえて一つのことに集中するという日本人の特質が、これまで立脚してきた基盤を崩してしまう危険にある。アジア諸国と比べるだけでもわれわれのこの面での特質は明らかだが、世界の先進諸国と比べてもナンバーワンではないかと思う。それだけに日本人のもつこの最良の資質が活用されないようになってしまっては一大事。思いつきだけならば一瞬で成るが、それを思いつきで終らせずに「物」につくりあげていくには時間がかかるし集中力の持続も不可欠だ。この面での関係者には全員に、原則として終身雇用を保証したって採算はとれる、と思うがどうだろう。原則としたのは、個人の意志での出入りは自由だからである。

弊害の第三は、成果をあげることしか考えなくなった人が犯しやすい、拙速につながる危険性である。拙速を辞書は、悪質でも出来上りの早いことだと説明している。これが「物」だと、市場原理が作用して自然に淘汰されるから問題は少ないが、外交のような場合になると、市場原理、この場合ならば情報公開による価値判断、が作用するのがむずかしくなる。その結果、駐在国のカウンターパートナーとの間に、癒着に似た現象が生じやすい。

政府や本省は、成果をあげることばかりを迫ってくる。ところが成果は、相手側がOKしてくれないとあげることはできない。それで相手側に頼ることになるのだが、相手側とてお人好しではないから、この方法は相手方に足許を見られることにつながる。その結果、悪条件とはわかっていながらも成果をあげたい一心で、ついつい不利な条件での妥結に終ってしまうことになる。だからこの場合の癒着は、私利私欲ではなく、成果主義一辺倒で迫られるプレッシャーからの逃避と同情できないことはないのだが、国益という観点に立てばこれ以上の実害はない。つまり、良き成果をあげるつもりが悪しき成果をあげてしまうということになるのだから。技術とちがって政治や外交の分野では、今のところは動かない、という選択肢も認められてしかるべきだと思う。

今日のように激動が常態化してしまった時代、将来を予測して行動するということはどの国にとっても難事になっている。ということは一方では、遅れてスタートしたのだが一周過ぎていたらトップに立っていた、などという事態も珍しくなくなるということでもある。これが現情ならば、激動している情況に浮足立ったあげくの拙速くらい、害をおよぼすこともないのではないか。

ただし、「動けない」のではなくて「動かない」のだから、「冬眠」ではなくて「静観」であるのはもちろんだ。それゆえに「動かない」間も「動く」ときにそなえて冷徹な観察を怠ってはならないのは言うを待たないくらいに当り前で、当事者にとっての仕事は減るどころか増えるくらいでないと、この政略（ストラテジー）の成果は望めなくなる。

そしてここではじめて、「説明責任」の必要が出てくる。なぜ今は動かないほうが適策かを、有権者に向って説明する必要があるからだ。だが、なぜか説明責任という言葉は、「これこれこういう理由でやりました」という場合にしか使われないようであるのは、説明責任《アカウンタビリティ》の意味するところの半分でしかない。「これこれこういう理由で、今のところはやりません」という使い方もあるべきで、言い換えれば、「これこれこういう理由で、今年度の成果は出せません」という場合の説明責任である。そして上司は、その理由に説得性があると認めれば、成果が今のところは出せないということも、「成果」として認めるべきではないだろうか。

政界でも経済界でも官界でも、指導的な立場にいる日本人の口から、一度でよいから聴いてみたい。「これこれこういう理由によって、今のところは動かないほうがよいと考えるし、ゆえに成果もあげることはできない」とでもいう、腹の坐わった「説明責任」を聴いてみたいのだ。

絶望的なまでの、外交感覚の欠如

前回、動かないでいるほうが有効である場合の「静観」の効用を書いた。しかしそれは、動かないほうが有利である場合の対処法であって、動く必要がある場合の「即決」や「速攻」を否定することではまったくない。それどころか、武器を使わないでことを決する戦場でもある外交の場では、静観と速攻の双方を臨機応変に使いこなしてこそ戦況を有利に展開できるものなのだ。いずれの場合でも、後方の作戦本部としてもよい官邸や外務省と最前線にいる在外公館との間での、緊密な連繫プレーは絶対に欠かせない。

四月八日の挙行と決まったローマ法王の葬儀に、日本を代表して出席するのが川口首相補佐官と知るや思わず、まさかそんなバカな、と言ったきり絶句してしまった。そして、葬儀を映すテレビの画面を、どうぞ日本の代表にはカメラは向けないでくれと祈りながら眺め、新聞雑誌も同じ想いで読んだのである。幸いにも私の心配は空振りで終ったが、それは二つの理由によったのだった。

第一は、キラ星の如くという感じで各国からの重要人物が大勢出席していたので、マスメディアはその人々を追うのに忙しく、日本がどの程度の人物を派遣してきたかに注意を払うメディアがなかったこと。

第二は、台湾が代表を送ると知って機嫌をそこねた北京の政府が代表派遣をやめたので、メディアの注目はそのことに集中し、おかげで日本は注目圏外になっていたこと。わが国の失策が目立たないですんだのが、外交感覚の欠如では人後に落ちないもう一つの大国、中国のおかげであったのだから皮肉である。

しかし、問題にされないですんだという偶然の幸運はともかく、今回のローマ法王の葬儀に総理補佐官のみを派遣したのは明らかに失策《エラー》であった。それに対して外務省は、次のように弁明している。

一、総理官邸と外務省との協議を経て、閣議でも了承したうえでの派遣であること。

二、これまでの法王の葬儀の例では、わが国の駐ヴァティカン大使を特派大使に任命して出席させていたが、今回は特別に本邦からハイレベルの特派大使の派遣であったこと。

大統領が出席したアメリカやフランス以外でも元首級を送った国は数多く、キリスト教徒の国ではないイスラム諸国でさえもこれ以上はない「ハイレベル」を送ってきた中で、日本の政府と外務省の考えた「ハイレベル」が首相補佐官であったというわけである。元首級でなくても、結婚式を延期したチャールズとブレアが出席したイギリスをまねるならば、わが国も皇太子と首相を送ってもよかったのだ。

各国のＶＩＰたちに、ローマまでくる暇があったのではない。葬儀が終るやほとんど全員が、その日のうちに早くもローマを発って行った。大統領や首相専用機は、このような場合のためにもあるのだ。一般旅客機で来た川口補佐官は、他の国々の代表並みのとんぼ返りの手段を持たないためかローマに留まったが、ハイレベルが一人も残っていないローマでは、弔問外交などはしたくてもできなかったにちがいない。

それにしてもなぜ、今回は各国ともが特に、かってなかったほどに重量級の代表を参列させたのであろうか。

まず第一に、ヴァティカン公国は各国との間に大使を交換している主権国家であり、法王はその国の元首であること。だから、大使を常駐させている国ならばどこでも、元首を派遣する名分は充分にあった。

第二だが、それこそ亡くなったヨハネス・パウルス二世の特質になる。この法王はポーランド人であったために、ナチと共産主義という全体主義的圧制の二つともを体験した人であり、それゆえに右であろうと左であろうと自由を抑圧する体制に反対する想いが強く深く、それは肉体を流れる血のようになっていたこと。

だからこそこの法王は、ヨーロッパでの共産主義体制の崩壊に手を貸した一人になりえたのだった。祖国ポーランドの反体制運動ソリダルノシュへの法王の肩入れは、露骨ではあったがそれだけに迫力もあった。あの時期の外人記者クラブでは、こんな噂話が広まったほどである。ソ連が戦車を送るとほのめかすやいなやポーランド出身の法王は、ならばわたしが六人の枢機卿を従えてポーランド入りしよう、ソ連の戦車が侵入してくるとすれば、わたしの身体を轢《ひ》かないでは通れないことになる、と言ったというのだ。

ことの真偽は確かめようもなかったので記者たちも記事にはできなかったのだが、誰もが、あの法王ならば言いかねないということでは一致したのだった。自由主義諸国の指導者たちがこの法王には共感し敬意を払ったのにも、理由はあったのである。

第三は、カトリック教会のトップである法王の職務を、この人くらいヤル気充分で精力的に実行しつづけた法王もいなかったこと。一般信者とのコミュニケーション能力ならば、抜群であったとするしかない。しばしば聖職者ならば口にしてはいけない口調で話したりするので、若者にはやたらと人気があった。

カトリック教会のトップということを越えて庶民からは敬意を払われ為政者たちからも尊敬されていた人の葬儀なのに、わが日本の官邸と外務省はこの辺の事情に疎かったのではないか。それゆえに首相補佐官程度でも、ハイレベルと思ったのではないだろうか。

しかし私は、簡単に官邸を職務怠慢で裁く気になれないでいる。官邸主導はけっこうだが、それも正確な情報があがってこないかぎりは機能しえないからである。

情報をあげてくる先には、今回のような場合はまず駐ヴァティカン大使館があり、駐イタリア大使館がある。この二つの在外公館の職務は、駐在国の情報を伝えるとともに、それらをもとにしての国益に適った対処策を提言することにもある。それなのに、先例にのっとっていては不適切になりますと、なぜ本省に報告しなかったのだろう。していたならば、官邸との協議の席での外務省の判断が、ちがったものになっていた可能性だってある。

また、川口氏の官邸での職務は「外務担当の首相補佐官」である。なぜ彼女は、わたしを派遣したのではダメなんですと、首相に対して言わなかったのか。

川口氏の外相時代に、外務省改革を論ずることが流行した。そこでの結論の第一がお互いに挨拶し合うというのであったのには苦笑したが、日本の外交を機能させたければ、やるべきことは山ほどある。だがその中でも、何にもまして優先さるべきは、在外公館がその職務を充分に果せるような制度を確立すること、ではないだろうか。

はた迷惑な大国の狭間で

今から十三年も前に刊行した『ローマ人の物語』の第一巻を、私は「読者へ」と題した次の一文で始めている。

――知力ではギリシア民族に劣り、体力ではケルト（ローマ人の呼称ではガリア）やゲルマンの民族に劣り、技術力ではエトルリア民族に劣るのが、自分たちローマ人であると、少なくない史料が示すように、ローマ人自らが認めていた。それなのになぜローマ人だけが、あれほどの大を成すことができたのか。一大文明圏を築きあげ、長期にわたって維持することができたのか。またそれは、ただ単に広大な地域の領有を意味し、しかもそれを一千年余りにわたって維持することができたのも、よく言われるように、軍事力によってのみであったのか。

という疑問をいだきながら書き進んできて残るは二巻というところにまで来たのだが、

十三年も考えてくればいくら私でも、なぜローマ人だけが、に答えるぐらいはできそうに思うが、それをひとことで言えば、「もてる能力の徹底した活用」である。言い換えれば、一つ一つの能力では同時代の他の民族に比べれば劣っても、すべてを総合し駆使していく力では断じて優れていたのだった。

まるで、大学時代はパッとせず、在学中に司法試験にパスするなどは夢の夢、であった学生が、実社会に出て十年過ぎてみたらトップになっていた、というのに似ている。そのうえ大学時代には単科別の学業ならば輝やいていたギリシアやガリアやエトルリアやカルタゴを支配下に収め、つまり社員にしたというわけだが、彼らも加えて多国籍企業を打ち立て、しかも一千年にわたって繁栄しつづけたのがローマ帝国の実態である。

ローマ人が、持てる能力の徹底した活用とは、自分たちの力のみでなく、ライヴァルたちのもつ能力さえも活用しないかぎりは現実化できない、という一事を頭に置きつづけ、しかも実行しつづけたからであった。このローマ民族の一貫した方針を、支配下に入ったはずのギリシア人までが「敗者同化」路線と評し、これこそがローマが大を成した真因だと断言している。ローマ帝国主導による国際秩序を意味する「パクス・ロマーナ」は、この一大政略《ストラテジー》の成果であったのだ。

ローマの後にも、帝国と称す国はいくつも現われた。しかし私は、「パクス・ブリタニカ」も、ましてや「パクス・アメリカーナ」などは、「パクス・ロマーナ」の後継者顔する資格はないと思っている。もしもイギリスがローマを見習うつもりでいたならば、ガンジーやネールのような植民地生れの優秀な人材にはすぐさま英国市民権を与え、それどころか英国議会の議席まで提供し、能力しだいでは大英帝国の首相にさえもなれる道を開いていたはずだ。もしもそれをしていたら、インドはイギリスから分離し独立する道を選択しただろうか。大英帝国は各地の植民地が独立したから崩壊したが、ローマ帝国から自分たちで望んで離れていった属州は一つもなかったのである。

ローマ人は自分たちの帝国を「家族《ファミリア》」と呼んでいたが、英国人が植民地もふくめた大英帝国全体を、「ファミリー」と考えていたとは思えない。彼らには敗者同化の思想はまったくなく、敗者とはあくまでも支配の対象であり、搾取の対象でしかなかったからである。だからこそその後の人々が、帝国主義と聴くや搾取と思いこんでしまうことになったのだ。それでいてよくも、「パクス・ブリタニカ」なんて言えたと思う。

「パクス・アメリカーナ」に至ってはもっと資格がない。なぜならイギリス人は、「ワル」ではあっても「偽善者」ではないので、自分たちが植民地を支配し搾取していることは知っていた。だがその大英帝国からの独立で始まったアメリカ合衆国は、それゆえか帝国という言葉を耳にしただけでアレルギーを起す。覇権を行使できる力をもつ国になったというのに、覇権を行使するとなれば絶対に必要な気概と覚悟が持てないのである。帝国とは場合によっては悪事を犯さなければならないのだが、やるとなると常に腰が引けてしまうのもそのためだ。おかげで、自分たちばかりでなく、協力者である同盟国にも迷惑をかける。まったくはた迷惑な大国で、こういう覇権国家をもってしまったのが現代世界の不幸だとさえ思うほどだ。

ならば、チャイナによる「パクス」は可能だろうか。つまり、中国が主導する国際秩序形成の可能性はあるのかという問題である。しかし、こちらのほうも期待はもてそうもない気がしてならない。とはいえ私の中国史に関する知識は常識の域を出ないので専門家の解明を待つしかないのだが、わが浅薄な知識で判断するだけにしてもなお、ローマ帝国型の「敗者同化」路線とは大いにちがって、支配・搾取型の覇権国家になりそうな気がする。

帝国と聴くやアレルギーを起して腰が引けてしまうのがアメリカだが、いまだに覇権国家には到達していないにもかかわらず、中国のほうは、アレルギーも起さないし腰も引けそうもないからだ。となると中国もまた、アメリカとは反対の意味ながら「はた迷惑な大国」になりそうではないか。もしかしたら、すでになりつつあるのかも。

いやはやまったく、日本も大変である。アメリカは最大の同盟国だし、中国はお隣りの国なのだから。ここで単に経済力のみを武器にしての正面突破を試みるのは、利口なやり方ではないように思う。そうではなく、どうやれば両大国のまき散らす「迷惑」を可能なかぎり避けながら切り抜けていけるかに、エネルギーを集中すべきではなかろうか。

こうなると、ローマ帝国のような超大国の歴史は参考にならない。ローマ史を参考にしてほしいのはアメリカや中国のほうであって、覇権国家になった過去も現在もない日本が参考にすべきなのは、超大国には一度としてなったことのない国のほうである。

私は以前に『海の都の物語』と題して中世・ルネサンス時代の強国の一つだったヴェネツィア共和国の通史を書いたが、あの国の歴史くらい、大国の起す大波を避けながら巧妙に生き抜いていく民族の見事な手本もなかった。だからこそ、一千年という長寿を保ち、しかも最後の最後に至るまで影響力と経済力を維持できたのである。ヴェネツィアは、単なるゴンドラの都ではまったくない。

フィレンツェと並んで中世・ルネサンス時代の都市国家の雄であったヴェネツィア共和国の長命の理由を詳述していく余地はここではないので省略するが、一つだけは書いておきたい。

それは、徹底した情報収集とそれを駆使しての冷徹な外交である。経済大国ではあっても軍事大国には一度としてなれなかったヴェネツィアだが、後にイギリス人が賞讃するほどの外交大国になることで、軍事大国の間を生き抜いていったのであった。私が、しつこいと言われるくらいに日本の外交に注文をつけるのも、わが国にとっての外交の重要さを信ずるがゆえなのである。

帰国中に考えたこと

半年ぶりの帰国というのに、着いて早々に起ったのが中国の副首相によるドタキャン事件であったために、日本滞在中の私の頭を占めていたことの第一は、この中国に対してどう対処するか、になってしまったのである。ドタキャンを知ったとたんに浮んできた想いは、中国という国は、私が想像していた以上に政治外交小国であるということだった。

政治や外交の担当者に、人がいないというのではない。政治と外交の巧者になるには不可欠の「感覚《センス》」が、他の諸々の資質に比べればひどく劣るという意味である。これはもう民族規模の資質であって、彼らのDNAではないかと思ったりしている。

この仮説を実証するには、政治外交に重点を置いたチャイナ全体の通史を読むのが一番だが、見渡したところ、外国語にも適書がない。今はまだ地位もカネもないが、その代わり勉強する時間と体力と意欲はあるという日本の若き英才の中に、これに挑戦する人はいないであろうか。

時間と体力と意欲のすべてが必要なのは、一時代の歴史では不充分で通史でなければならないからで、因果関係を解く鍵は、個別の「現象」よりも、現象から別の現象への移行時に露わになるものだからである。


ギリシア哲学の権威であるだけでなく『文藝春秋』の巻頭随筆の長年にわたる執筆者でもあった田中美知太郎は、小林秀雄との対談の中で次のように言っている。

政治史としていちばん面白いのは、やはりローマの歴史で、あれをほんとうに書いたら格好の政治教科書になる、と。

ローマ史が政治の教科書になるのなら、中国史もなるはずだ。教科書とは、学んだほうがよい事柄だけでなく、学ばないほうがよい事柄も記されてあってこそ、ほんとうの意味の教科書になるのだから。

とはいえそれ用の適書がない以上は月並な知識しか持っていない者の中国観になってしまうが、それでも見るところ、現中国政府の対日本戦略《ストラテジー》は次の一事につきるのではないかと思っている。つまり、日本を押さえつけておくこと、の一事だ。そしてこれが戦略ならば、戦術には二種ある。

第一は懐柔作戦。支配される側の存在理由を認めてやりながら、支配権を行使していくやり方。

第二はこの反対で、強圧作戦。言い換えれば、圧力をかけることで支配しようとする考え方で、どの分野でもナンバーワンでないと気がすまない国家の得意とするやり方である。

古代のローマのやり方は「敗者同化」と評されたくらいだから前者をもっぱらとしていたが、現代中国のやり方は後者のようである。なぜなら、当面の敵である小泉首相を追いつめることにエネルギーを集中しているからだ。もしも小泉首相が、ことここに至っては と腹をくくり、靖国神社への参拝をしかも八月十五日に強行したとしても、それは、ことここに至るまであらゆる手を用いて小泉首相を追いつめてきた、中国政府のやり方の所産である。とはいえ、それによるリスクは考えたのであろうか。

リスクにも二種あるが、その第一は、追いつめられた側が決死の想いで反発してくる場合である。小泉首相のケースは、圧力に屈した場合に生ずる、将来にもわたって影響してくること必至の弊害を考慮して、決行することだろう。

リスクの第二は、追いつめるという力を露わにする行為自体がかもし出す、醜悪さにある。つまり、それを周辺で見ている人々の胸中に、嫌悪感を呼び起してしまうというリスクだ。

どうやら中国政府は、第一のリスクはないと判断したようである。小泉首相は結局は屈服する、と見たのだろう。しかし、リスクの第二は、日本人全体が対象になるだけに、予防の手段は講じておいたほうがよいと考えたらしい。「追いつめ戦術」とともに「ゆさぶり戦術」もともに行ったのが、その証拠ではないかと思う。「追いつめ戦術」は小泉首相に対して行った今度が最初だが、「ゆさぶり戦術」のほうはこれまでにも多用してなかなかの効果をあげてきたから、今度もうまくいくと考えたのだろう。

そして実際、うまくいきつつある。ゆさぶられて浮足立った著名人は政治・経済・メディアと日本の各分野にわたり、何やらスズメの学校の如き喧噪を呈している。この人たちは、自分が中国にゆさぶられていることを知っているのだろうかと思ってしまう。だがこれもまた、日本が中国に負けず劣らずの政治外交小国であることの証明でもあるけれど。

靖国問題は、たいした問題ではないことをたいした問題にしてしまった、歴史上の好例として残るのではないか。

A級戦犯合祀の可否も、戦争を始めること自体は犯罪ではないとした古代のローマ人に同感なので、戦犯という言葉からして私には馴染まない。人類にとっての悪であることは明らかな戦争だが、その悪業にケリがついた後には、勝者と敗者の別しか残らないと思っているからだ。象を連れアルプスを越えてイタリア半島になぐりこみをかけてきたのが発端だから、現代ならば、ハンニバルは戦犯になる。だがローマ側は、この敗将を牢にさえも入れなかった。ナポレオンも、危険人物とされて隔離されたが、戦犯としては裁かれていない。敗者イコール戦犯と見なされるようになったのは、第二次大戦からの現象にすぎないのである。謝罪ウンヌンの問題も、問題にすること自体が難事、というのが正直な想い。

つい最近の話だが、カイロのイスラム学者たちが、キリスト教はカトリック宗派の本山であるローマの法王庁に対し、十字軍遠征への公式謝罪を要求してきた。ただし法王庁は、謝罪するともしないとも答えていず、つまりは無視でいくらしい。十字軍とは、十一世紀に始まって二百年の間くり返された、ヨーロッパから中近東に対して為された軍事行動である。「神がそれを望んでおられる」と叫ぶキリスト教徒が大挙して押しかけてきたのだから、イスラム教徒にしてみれば迷惑な話ではあったのだった。

日中の友好な関係の確立は、言われるまでもないくらいに重要な課題である。しかし、重要きわまりないことゆえ何が何でも解決せねばという想いがつのりすぎると、壁に突き当っただけで絶望してしまうことになる。

しかし、迂回するという手もあるし、しばらくは足踏みしているという手もあるではないか。政冷経熱も、カネへの想い入れならば日本人以上に強い中国人が相手なのだから、けっこううまく行くのではないかと考えたりしている。

最後に一言。もしも小泉首相が今年も靖国参拝を決行すれば、日本と中国と韓国ではニュースになるだろう。しかし、止めれば、世界中でニュースになるだろう。

III

歴史に親しむ日常の中で私が学んだ最大のことは、
いかなる民族も自らの資質に合わないことを
無理してやって成功できた例はない、
という事であった。

（「国際政治と『時差』」より）

歴史認識の共有、について

『レパントの海戦』を書いていた頃の話である。友人の知人にトルコからの留学生がいたので、その人と会って話を聞いてみる気になった。史上有名なこの海戦の一方の当事国がトルコだったからだが、別に私が、当事国双方の見方をともに採用した歴史叙述を志していたわけではない。

ところが、話し始めたとたんに驚いた。レパントの海戦については学校で教わらなかったし何も知らない、と言うのである。たしかに、四百年以上も昔のこの海戦の敗者はトルコだった。そして眼の前にいるトルコの青年は、イタリアに医学を学びに来たのであって歴史を学びに来たのではない。だが、レパント前の海上で闘われたこの海戦は、それまでは押せ押せの勢いで進攻してきたイスラム勢に、キリスト教国が連合して「待った」をかけた戦闘なのである。地中海ではレパントの海戦、陸上ではウィーン攻防戦で「待った」

をかけるのに成功していなければ、ヨーロッパはイスラム化していたかもしれないのである。

というわけでレパントの海戦の史的価値が西欧で強く認識されるのは当然にしても、トルコ側では無視というのには言葉もなかった。ウィーン攻防戦のほうはと聞いたら、トルコ軍が中欧にまで進攻していた例として教わったと答えた。攻略には失敗して撤退せざるをえなかった、とは教えないのである。

だがこれらの例は、イスラム教国の中でも狂信度の最も低いトルコらしく、宗教よりも勝敗によるところが健全である。おかげで、彼らが勝ったコンスタンティノープルの攻防戦は、今でも堂々と宣伝している。

ならば、歴史を科学と見なす傾向の強い欧米では、宗教にも勝敗にも関係なく、歴史叙述は科学的で客観的で、歴史認識の共有にも成功しているかというと、必らずしもそうではない。

『コンスタンティノープルの陥落』で始まり『レパントの海戦』で終わる三部作はいずれもキリスト教世界とイスラム世界の対立をとりあげた戦記物語だが、その二番手は『ロードス島攻防記』だった。こちらは、攻めるトルコ軍と守る聖ヨハネ騎士団の攻防である。十字軍時代に病いで倒れた巡礼を治療するのを目的にして創設されたこの騎士団は、反撃に出たイスラム軍によってパレスティーナから追い出された後、ロードス島に本拠を移していたのだ。ところが、トルコ軍の猛攻に屈してロードスを捨てマルタ島に移り、マルタ島からもナポレオンに追い出された末、ローマに本拠を移して現代に至っている。もちろん今ではイスラムを敵にする戦士ではなく、創設当初の志にもどって、騎士とは名ばかりの医師集団になり、地味ながら堅実な医療奉仕をつづけている。その本部は有名ブティックが軒を連ねるコンドッティ通りにあるのだが、『ロードス島攻防記』を書くにあたってそこを訪れたのだった。

紹介者に人を得たのか、騎士団長自らが会ってくれた。その人に私は、一五二二年の攻防を書きたいのでそれに関する史料を読む許可を乞うたのである。騎士団長は、古文書閲覧は即座にOKしてくれた。だが、ロードス島での攻防の史料はない、と言う。

ないってアナタ、と私はほとんど言いそうになったが、言葉は飲みこんでその人に視線をすえるだけに留めた。そうしたらその人は、視線を返しながら言ったのだ。栄光に輝やく聖ヨハネ騎士団の歴史に、遠い日本の人々までが関心を持ってくれるのは大変に喜ばしいが、なぜマルタ島攻防戦のほうを書かないのか、あの攻防戦なら、史料はすべてそろっているのに、と。

マルタ島攻防戦では、騎士団は勝ったのだ。敗れたロードス島攻防戦のほうは、史料はすべて廃棄したから残っていないのではない。史実を丹念に集めて再構築しそれを後世に遺す意志が、欠けていたからにすぎない。やむなく私は、ヴェネツィアの古文書庫に頼るしかなかったのである。当時のヴェネツィア共和国は、国家としては攻防戦には参戦していなかった。しかし、これに関連した情報はすべて集め整理することで、仮想敵国トルコへの今後の対策に役立てる意志ならば、充分にもっていたのである。

だがこれは中世の遺物である騎士団の話で、科学的な歴史観をもつ学者には不足しない今のヨーロッパでは、もうこのようなことはないでしょう、と言われるかもしれないが、これもまた、必らずしもそうではないのである。

ＥＵも、ＥＵ共通の歴史教科書を作ろうと考え実施に移った。ヨーロッパの歴史は三千年で、そのうちの二千五百年がボーダーレス、最後の五百年だけがボーダーのある、つまり国境が引かれた近代国家なのだから、共通教科書作りは容易と考えたらしいが、実際はそうではなかった。

ボーダーレス時代までは歴史認識の共有は一応にしろパスしたのだが、問題は互いに戦争ばかりしていた五百年間の「歴史認識の共有」である。結局、二千五百年の歴史は共通、最後の五百年の歴史は各国それぞれで、ということで落ちついたらしい。この作業に参加した学者の一人が、苦い感想を述べている。ＥＵ共通の歴史教科書とは、それぞれの国が自分たちに都合の良い部分を取り出して教えることになるか、それとも、誰にも読まれないか、のどちらかになるだろう、と。

日韓でも日中でも、学者たちが集まって歴史認識の共有を目指すのは、時間とカネの無駄である。映画『羅生門』を、その原作になった『藪の中』を思い出してほしい。また、二千年昔のユリウス・カエサルの次の一句も味わってほしい。

「人間ならば誰にでも、現実のすべてが見えるわけではない。多くの人は、見たいと欲する現実しか見ていない」

時間とカネは、次のことに費ってはどうか。一種にはしぼれない日本の歴史教科書は五種、中国と韓国の教科書は少なくとも一種を、毎年英語訳していくのである。法廷に引き出されたときの「証拠」を、今から集めておくためだ。日本は弁護人、中国と韓国は検事、そしてこれ以外の国々は陪審員に見立てた、アメリカの法廷を想像すればわかりやすい。なぜなら映画でよく見るアメリカの法廷での陪審員の存在理由は、被告を有罪にするに充分な証拠が有るか無いか、のみを、第三者が判断するところにある。

そして英語に訳す理由だが、二つある。第一は、日本語のままだと、日本語のわからない陪審員たちは、日本語のわかる外国人というフィルターを通してしか「証拠」に接しられないこと。第二は、検事側の意訳で「証拠」に接するという危険さえも、あらかじめ排除しておくべきだから。

ただし、教科書もその英訳も証拠なのだから、日本に不利であろうと正確さを心すべきなのはもちろんである。

問題の単純化という才能

『ローマ人の物語』を書き始めた頃、よく友人たちには言ったものだった。

「あと十年も過ぎればローマも衰亡期に入るけれど、その頃には私も年をとって体力も低下し集中力も落ちてると思うの。でも、ローマ帝国のほうも衰退する一方だから、ちょうどいい具合なんですよ」

とんでもない誤算であったことを、十四年目に入った今痛感している。

日本人は、衰亡の話が好きだと言われている。だがそれは、ヒロイックでセンチメンタルで悲劇的なのが衰亡であると思いこんでいるからではないか。『平家物語』の影響大、ということだろう。

ところが、『平家物語』もよく読めばわかるように、衰亡とは、英雄的で感傷的で悲劇的ではあっても、それは最後の最後になってからのことで、その最後に向っている途中は、ヒロイックでもセンチメンタルでもパテティックでもまったくない。それどころか、当事者でも少し醒めた人ならば呆れ返るくらいに情けない現象がくり返されるのが、実際の歴史なのである。

なぜ「情けない」かというと、重要極わまりない問題も賛成反対の論争を重ねていくうちに本題から離れ、賛成派も反対派も問題の本質を忘れてしまうところなのだ。日本滞在中に郵政民営化に関する国会の委員会の討議をテレビで見ていて、またそれを解説するマスコミの記事を読んでいて、衰亡途上のローマ帝国を前にしているのと似た想いになった。

委員会の議事録を忠実に追っていくだけで、日本の国政担当者の、とくに反対派の、本題離れの性向は自然に浮上ってくる。だがそればかりやっていると、有権者は関心を持たなくなる。NHK中継のこの番組も、視聴率は悪かったのではないか。今の私の場合は四世紀のローマ人の間での駆け引きになるのだが、これを詳細に書いていては読者は読んでくれなくなるだろう。かと言って、この種の情けない現象はすべてカット、というわけにもいかない。歴史叙述には、事実に語らせることも必要なのだ。

というわけで、情けない現象も取り上げながら読者にも読み進んでもらうためには、綱渡りにも似た集中力が求められてくるのである。この種の集中力は、興隆期を書いていた頃は必要ではなかった。なぜだろうと考えたあげく、あることに行きついたのである。

ローマは興隆期もその後に続いた安定成長期も、反対派は存在せず全員一致であったわけではまったくない。ルビコンを渡るまでして改革を強行した人もいたし、内紛に留まらず内乱にまでなったことはしばしばだった。だが、そのように国論が二分した場合でも、あるところまで行くと、問題の本質にもどるのである。大同小異という言葉があるが、小異に固執していると国家が危うくなるから大同で行きましょう、とでもいう感じで国論が一つに収まったのだから愉快である。それで書いている私も、スムーズに書き進められたというわけだ。読者が、スムーズに読み進んだかどうかは知らないけれど。

要するに、興隆・安定期と衰退期を分けるのは、大同小異という人間の健全な智恵を、取りもどせるか取りもどせないかにかかっているのではないかと思っている。つまり、問題の本質は何か、に関心をもどすことなのだ。言い換えれば、問題の単純化である。そして、単純化ができなければ、百家争鳴はしても改革は頓挫する。

郵政民営化法案を参院で否決され、それを内閣に対する不信任と受け取った小泉首相が、国会を解散して総選挙で国民の信を問うと決めたのは、彼が自民党の総裁選に打って出た際の公約が郵政の民営化であった以上、論理的にはまったく正しい。それを反対派が、政策から政局に論点をすり替えたと言って非難しているらしいが、私の思うには、これこそが問題の単純化であり、問題の本質にもどる行為である。つまり、これまでになされた委員会やマスコミでの百家争鳴はすべて御破算にして、郵政民営化に賛成か反対か、のみを問うのだから。

重要な問題ほど、単純化して、有権者一人一人が常識に基づいて判断を下す必要がある。なぜなら一人一人の生活にひびいてくるからで、そのような大事を、専門家と称する人種の、何を言いたいのかわからない言論プレーにまかせてはならないと思う。もしも日本人も、問題を単純化したうえで常識に基づいて判断を下すならば、日本の有権者も成熟したことの証拠になり、民主主義も、借りものなどと恐縮する必要もなくなるだろう。この総選挙が、それを内外に示す良いチャンスである。たとえ、選挙の結果が、民営化反対と出たとしても。

一つだけ、あいも変わらずの私の心配を立証するようなことがあったので書いておきたい。

　それは、日本人の法律に対する、盲信と言ってもよいくらいの過剰な信頼である。まるで宗教でもあるかのように、一度決めたらいっさい変えない、いや変えてはならない、と思っているのではないか。

　法律とは政策であり、人間の考えたものである以上、完全ということはありえない。それゆえ、法律は通っても、その後には微調整が必要なのは当然のことなのだ。

　法律を通すことでの国家改革と、個人のダイエットは完全にちがうのである。ダイエットならば、微調整しながら進むのが、健康を損わないで成功する唯一の道だが、改革はこの反対で、まず先に大筋を変え、その後で微調整するという順序にしないと効果がない。

　とは言ってもダイエット型の改革でもよい場合があるが、それは安定成長期にしか許されない贅沢《ぜいたく》である。小泉純一郎を首相にしたのは、彼を総裁に選んだ自民党員でさえも、このまま行けば日本は安定成長も享受できなくなるという、危機意識をもったからではなかったのか。それなのに、今になって反対と言う。これくらい、大同を忘れ小異しか見ないこともないのではないかと思う。

　郵政民営化は、やり方しだいでは日本を再興できるほどの重要な改革であると思っている。有事立法のときのように、民主党も対等な立場で参加しての共同提案になれば、どんなに良いかと思っていたのだ。だが、今からでも遅くはない。もしも総選挙で、郵政民営化賛成派が勝ったとしたら、そのときこそ民主党は積極的に参加すべきである。大筋改革後に来る微調整が、良い方向でなされるためにも。

拝啓　小泉純一郎様

前略　勝負に打って出てお勝ちになったのですから、さぞや御気分が良ろしいことでしょう。ヨーロッパのマスコミの見出しもほぼ一致して、「日本は改革を選んだ」と、九月十一日の総選挙の結果を報じていました。

私があなたに最初に注目したのは、今から七年前、厚生大臣をしていらした時期のあなたが『新潮45』誌上に書かれた一文からです。その文は国会議員が在職二十五年を過ぎるともらえる永年勤続表彰を辞退なさったことから始まっていたのですが、それを読んだ私は、この人は健全な常識の持主なのだと思ったものでした。

なぜなら、まだ国会議員として給料を受けていながら、在職二十五年を過ぎると特別手当ても月々三十万円受けられるとは、あなたも書かれたように、国民に行政改革を訴えている政治家としては変だ、となります。しかも、これが書かれた一九九八年ですでに、特別手当てをもらいつつ議員の給料を手にしているのは、衆議院に六十一名、参議院に七名もいて、その特別手当ての総額は二億五千万にもなるとのこと。その中には森喜朗、小沢一郎、土井たか子もいるから、これはもう、既得権に浴せるならばもらっちゃうというのは、保守も革新もないとわかったのでした。

そして、あらためて七年前にあなたが書かれたことを読み返してみてわかったのは、あの頃からずっとあなたの軸足はブレていない、ということです。いくつか抜粋すれば次のようになります。

「これからの最大の政治課題は、何といっても行財政改革である。行財政改革というのは、これまでの既得権を手離さなければできない仕事である。そしてそれには、どうしても国民の痛みがともなうことになる。政治家は、今こそ身をもってそのことを示し、理解してもらう時でもあると思うのだ」

「郵政三事業民営化論で私の言わんとしていることは、至極単純明快である。民間でできることなら民間にまかせればいい。そうしないと役人が減らないから行政改革にならないと、それだけのことなのである」

「日本を変えるか、変えられないかといった議論をしているときではなく、変えないとダメになってしまうのである。すでに経済の世界など、ドラスティックに変わりつつある。変われない金融機関は次々に破綻を起こしてしまい、生き残れなくなっている。全てが変わってきているのだ。それなのに政治と行政だけが、手をこまねいていてよいわけがない」

あなたが首相になられてしばらくして、自民党の要人の一人と話したことがあります。その人は、あなたは常識に反していると言ったので、私は言い返したのでした。その常識は、永田町の常識にすぎないのではないですか、と。

そして今回の総選挙の前後に書かれた論評を読んで、「永田町の常識」とは、国会議員だけでなく、その周辺にいる記者や学者や評論家や官僚たちの「常識」でもあることがわかったのでした。それらは、勝ちはしたが改革は郵政だけではないとか、有権者も小泉にしてやられるとは情けないとか、まあ私には、往生際《ぎわ》が悪いとしか思えませんが、いわゆる有識者たちの反応がこうであったのは、あなたの訴えとそれに応《こた》えた有権者の反応が、この人々の「常識」に反していたからなのです。

つまり、あなたが闘ってこられたのはこの種の「常識」に対してであって、世間の常識に対してではなかった。そして、既得権に縛られていない世間の常識は、あなたに同意であることを示したのでした。当然です。お互いにこの常識ならば、共有していたのですから。

しかし、盛者は必衰であり、諸行は無常です。今回の大勝が、政治家としてのあなたの「終わりの始まり」にならないとは、誰一人断言できないでしょう。と言って、そうならないためには、他の意見も受け容れるべきとか少数派も無視してはならないとかは、永田町的な常識には無縁の私は言いません。それよりも、古代ローマの政治家たちを書いていて直面したこと、野心と虚栄心のちがい、を考えてしまうのです。

政治家にとっての「野心」は、やるべきと信じたことをやること、につきます。一方、「虚栄心」とは政治家の場合、良く思われたいこと、ではないかと思います。ただし、「野心」と「虚栄心」は政治家ならば両方とも持っているはずで、ゆえに問題は、どちらが大きいか小さいかであり、理想的な形は、つまらないことで虚栄心を満足させ、重要なことでは野心で勝負する、ではないかと。つまらないこととは、自民党のマドンナたちに囲まれてニヤニヤする、のたぐいですね。

ところが、彼らの常識に反することばかりしてくれて、しかもそれで勝ってしまうあなたに憮然とするしかない既成の有識者の反撃が、あなたの虚栄心に的《まと》をしぼることで成されそうな気配がするのですが、それにはお気づきになられたでしょうか。

総選挙後のテレビや新聞や雑誌をにぎわしている、小泉の男の美学なるものです。大勝後に高まりつつある任期延長の声にもかかわらず、男の美学に生きる小泉純一郎だから潔《いさぎよ》く退陣するだろう、というわけ。またあなた御自身も、任期延長はしないと言われました。

しかし、日本は改革を選んだと報じたこちらのマスメディアは、小泉首相はあと一年でやめると言っている、と報じています。それは彼らが、一国の最高責任者ともあろう人が退陣の時期を明確にすることを、国益に反する行為と考えているからです。バーゲンセールが一週間後にくるとわかっていて、今日買物するのはバカのやること。他国の政府でも、日本に譲歩するしかないかと思い始めていた国の政府は、あなたの退陣の日まで待つでしょう。任期を延長するかしないかは別にして、退陣の時期を明確にするのは、国益に適うとは思われません。

それに、男の美学に殉ずるとか、潔く身を引くとか、優雅なリタイアを愉しむとかは、あなたのように高い地位と強大な権力を与えられている人の言うことではなく、それらには恵まれなかった一般の人々のためのものなのです。でなければ、神さまはあまりにも不平等。私があなたに求めることはただ一つ、刀折れ矢尽き、満身創痍になるまで責務を果しつづけ、その後で初めて、今はまだ若僧《わかぞう》でしかない次の次の世代にバトンタッチして、政治家としての命を終えて下さることなのです。

ブオナ・フォルトゥーナ、ミスター・コイズミ。

知ることと考えること

外国に住んでいるから日本について書くのはどういう情報に基づいているのか、という質問をたびたびされるので、今回はそれに答えてみたいと思う。

まず新聞だが、新聞社や通信社には属していないので、自動的に配達されてくるという便利には浴していない。それで、読みたければ欧米の新聞を売っているスタンドへ出かけて買うわけだが、日本の新聞はローマでは、二箇所ぐらいでしか売っていない。以前はスペイン広場のスタンドで売っていたのだが、今ではなぜか高級ホテルが連らなるヴェネト通りでしか売っていない。それも朝日と日経だけで、しかも、一日遅れなのに四ユーロ、五百円以上もする。それで怠惰でケチな私は、スペイン階段を登るかボルゲーゼ庭園を通るかすれば三十分で着けるヴェネト通りまで散歩して、よくて一週間に一度、日本の新聞に接するだけになる。

テレビは、特別なアンテナをつければNHKの衛星放送が見られるそうで、それで見ているこちら在住の日本人も多いのだが、この特別工事も、執筆が一段落してからと思いつつもいっこうに一段落しないのでやっていない。つまり、日本のテレビ番組は、誰かがヴィデオにとって送ってでもくれないかぎりは見ていないということになる。

インターネットを活用すればこれらの不利も一挙に解決するではないかと言われそうだが、これもまた、ヘンな機械が眼の前にあっては二千年昔への回帰なんて不可能、などというヘ理屈をこねては敬遠をつづけている。ネットどころかケイタイさえも使わない私は、救いようもないアナログ人間なのだ。

月刊週刊の雑誌ならば、やたらと送ってくれるので数多く接していると言えるだろう。だがこれも、航空便だから到着するのに一週間はかかる。それで新聞は一日遅れ、雑誌は一週間遅れというわけ。ただし、この不利をつぐなって足る妙味ならばある。

それは、ことが起らない前に書いた文を、ことが起った後に読む愉しみなのだ。例えば、総選挙。選挙結果の予測を多少まちがうのは、予想屋ではないのだからかまわない。だが、本質的な問題の読みまでまちがったのでは、政治評論のプロとは言えない。言い換えれば、事前に書いたことを事後に読んでも、読むに耐える内容でなければならないということである。
イタリアの国営テレビの第三チャンネルでは、ウィークデーの朝の七時から八時までの一時間、ネット情報からCNNから各国のニュースまでを報ずるだけでなく、キャスターが取り上げない情報でもテロップでは流しつづけるという番組がある。日本関係のニュースでも主なものはこれでフォロー可能で、株式市場の動きまで追えるくらいだ。というわけで、いちおうの日本のニュースは知ることができる。それで、「事」には通じていながら「事前」に書かれたものを「事後」に読み、書き手の資質、つまり事後でも読むに耐えるものを書ける能力、を判断することも可能になるというわけだ。そして、日本でこの規準での評価で及第点をつけられるプロは、正直言って五人いるかどうか、というのが現状である。

このことに対する私の強い関心は、それが私にとっても他人事ではないからである。このページに載る小文は毎月、『文藝春秋』が発行される二十日前に書かれる。しかも毎月十日に発行されたとたんに読む人も多くないであろうから、私の小文が読者の眼にふれるのは、書かれてから一か月後、と考えるしかない。事後に読まれても耐えられるものを書くのは、私自身にとっても、実に本質的な問題なのである。

つくづく思うのだが、情報の伝達ということに限れば、新聞・雑誌・書籍の活字媒体は、テレビにもインターネットにも絶対にかなわない。それで、これら活字媒体が読まれなくなり売れなくなった要因をテレビやネットの普及に帰すのだろうが、私の思うにはそれは、負け犬の遠吠えにすぎない。もはや情報の伝達速度で勝負する時代ではなくなったのだから、勝負の武器を他に求める必要は不可欠であり、それもしないで嘆いているのは、知的怠慢以外の何ものでもないと思うからである。

そして、テレビやネットの時代で勝負するための「武器」とは、事後でも読むに耐え、情報はすでに知っていても読みたいと思わせ、それでいて読んだ後に満足を与えられるもの、つまり、情報の「読み」なり「解釈」なりで勝負したもの、を書いたり言ったりする能力でしかない。

しかし現実は、こうはなかなか思い切れない状態で低迷しているらしい。それで、日本に帰国中ならば新聞を丹念に読みテレビも熱心に見る私だが、一週間もすると、情報というよりも予想記事の氾濫に音をあげ、まあ新聞も一週間に一日ぐらい読むのでちょうどよいのではないか、などと思うようになる。解説や解釈に、鋭さを感じさせてくれるものが少ないからである。情報を知るだけならば、テレビでこと足りるのだから。

しかもこの問題は、現在や近過去にかぎらず、遠過去、つまり歴史をあつかう場合にも無縁ではないように思うのだがどうだろう。

ここに、インターネットを駆使する能力には優れた歴史学科の学生と、コンピューターにはさわったこともない私の二人がいる。二人とも、ローマ史を書こうとしている。情報の収集という土俵で勝負するとなれば、絶対に彼が勝ち私は負ける。だが彼の土俵ではなく、私の土俵に連れてくることにさえ成功すれば、勝つのは私になる率が高くなる。

なぜなら歴史とは、アナログ人間には実に嬉しい世界でもあるのだ。世界中の大学から最新の研究情報を集めただけでは参考文献表をつくるにすぎず、それらを使って歴史を書くには、文献をどう読み解くかにかかってくる、と言える世界なのである。そしてそれには、読む側のこれまでの人生で蓄積したすべてが深く関与せざるをえない。自らの理性と感性と悟性をすべて投入してこそ、事実の列記に留まらない生きた歴史に、肉迫も可能になってくるのだから。何百年も前に書かれた歴史書がなぜ今も読まれるのかが、それを実証しているように思う。

今回で言いたかったことは、実に簡単。情報に接する時間を少し節約して、その分を考えることにあててはいかが、ということなのです。

紀宮様の御結婚に想う

ゆっくりと進んできた黒塗りの車の列が左に折れていくのを、滞在中のホテルの窓から見降ろしていた。その日は一日中部屋にこもり、年末に刊行される作品の最後の点検をしていたのだが、階下で進行中の結婚式や披露宴を想像しながら、暖かい想いが胸に広がるのを感じていた。

紀宮様には、公式訪問でイタリアのフィレンツェを訪問されたときに、一度だけお会いしたことがある。とても感じの良いお嬢さんだった。同じ大学の卒業というのに、仕事のうえでは女であることなど考えたこともない、と言って恥じない私とは大ちがいである。優しくて穏やかで、それでいて言うべきことはきちんとおっしゃる。言わなくてもよいことまではっきり言ってしまう私とのちがいを思いながら、あのときも、言わなくてもよいことまで言ってしまったのだった。

結婚は、一度はなさったほうがよろしいですよ。しないでいると、いつまでも男への夢が残ってしまいますから、と。フフとお笑いになった宮様と、反対に渋い顔の元大使を始めとした随行員たちを見ながら、塩野七生もこれで皇居立ち入り禁止だな、と思ったものである。

あれから何年が過ぎたのかは忘れた。なにしろ二千年昔の人々と交き合う日々を過ごしていると、数年前も二、三日前も同じになってしまうのである。しかし、あのときにフフと笑われた宮様も今や結婚かと思ったら、心から祝福したい想いになったのだった。

というわけで、その日は他の多くの日本人同様にテレビの前にいることの多かった私だが、その間にもわきあがってきた想いが二つある。

その一つは、結婚式を終えられて記者会見の席に出てこられたときの、黒田氏と新夫人の御二人。もはや皇室から離れ一民間人になられたとはいえ、先を進むのは黒田氏で、元宮様はその一歩か二歩後を歩かれていた。

三歩遅れて夫の影を踏まず、だったか忘れたが、今では誰もそのようなことはしない。それに、見た眼にも不自然である。黒田氏は、皇女でも今は自分の妻になった女人を、背に手をまわすなどしてエスコートする形で、人々に紹介するのでよかったのではないか。この頃の日本男子でも、女がいても平気で先を進むなんて、六十以上でなければやりませんよ。

と思いながら今朝のテレビを見ていたら、海の記念日とかに出ておられる両陛下が映っていたのだが、階段を登られるときに天皇様が、皇后様の背に軽く手をまわされ、実に自然にささえていらっしゃるのが見えたのだ。あれでいいんではないかと、ヨーロッパに住んでいて各国の王室を見ることの多い私には思える。品位を保つことと自然に振舞うことは、少しも矛盾することではないのだから。

想いの二番目は、一言で言ってしまえば、紀宮をこのまま完全な民間人にしてしまうのでは、あまりにもモッタイナイということだ。これまでは数多く果されてきた公式行事も以後はいっさいなくなり、となれば一公務員の妻としてスーパーやコンビニへの出入りもすることになるのだろうが、あそこまで皇女として育てられた方なのに、それではモッタイナイというわけです。

皇后様にも、一度だけお会いしたことがある。両陛下がイタリアを公式訪問されたときのことだったが、私も在留邦人の一人ということでお会いしたのだった。

皇后様から受けた印象を正直に言えば、なんと賢《かしこ》い方だろう、ということだった。頭の良い人と言うと大学での成績の良かった人と思われそうだから、そうは言いたくない。学歴や地位や仕事の種類とは関係なくかもし出される賢さで、それも凛とした賢さである。高学歴や高い地位についている女は今では珍らしくなくなったが、そのような女たちならば誰でも私が感心したかと言えば、そうではなかったのだ。

このような想いを私がいだいたのは、皇后様の前にはただ一人、黒澤明に従いて行ったヴェネツィア映画祭で知り合った、今は亡き川喜多かしこだけだった。

こうも見事な同性は、私に快感さえ感じさせる。紀宮様にフィレンツェでお会いしたときも、あの賢い方が心をこめて育てたのがこのお嬢さんなのだ、と思ったものだった。

美智子皇后の賢さは、引き受けたからには責務は果す、としてもよい覚悟が、私には、潔いと映ったからではないかと思う。また、普通の民間人の私でも両親から受けた、見苦しいまねはしてはいけない、というしつけを、もしかしたら美智子様も受けられたのではないかと想像したのだった。

東京山の手の家庭では、見苦しいまねというよりも「見っともないまね」と言うほうが多かったが、注目してほしいのは、悪いことだからやってはいけない、ではなくて、見苦しいからやるな、であった点である。基準は善か悪かではなく見っともよいかないかだけなのだから、これはもう倫理道徳の問題というより美意識の問題であり、それゆえに親の与えるしつけの一つにすぎないのである。

とは言っても、誰もがこの種のしつけを受けて育ったわけではないし、引き受けたからには責務は果すという覚悟も、誰にでも期待できるとはかぎらないのである。だからこそ民間から皇室に入った方々の中には、異和感をふっきれないでいられる方も出てくるのだろう。もしかしたらこの種の覚悟は、皇后様や私の世代で終りなのかと思ったりするが、若い世代なのにそれを受け継いでいるのが、宮様時代の紀宮なのであった。

黒田夫人になられた後でもこの紀宮に、活躍していただくことはできないのであろうか。雅《みやび》やかな名称にする必要はあるとしても、宮内庁の嘱託とか何かの立場を提供するなどして、海外には特命大使にするとかして、国の内外を問わない公式行事に、回数は少なくなったとしても出ていただくことはできないのか。

三十年以上も、プリンセスとして育てられてきた方なのだ。その方を、各国大使館主催のパーティのお飾《かざ》りや、スーパーやコンビニ通いで終らせるのは、いかにもモッタイナイと思うのです。女帝の可否さえも、問われる時代になったのだ。元プリンセスに以後も公人としての活躍をつづけていただくことも、課題にされてもよいのではないかと思っている。

自尊心と職業の関係

私以外はイタリア人という夕食の席で、ここしばらく先進諸国で頻発している怒れる若者たちの行動が話題になったときのことである。中の一人が、私に質問した。

「イギリスではテロに走り、フランスでは暴動化し、ここイタリアのローマでは、夜な夜な出没してはアッパー・ミドルが多く住む住宅街の路上駐車の車やオートバイに火を点けて燃やしている。で、日本の怒れる若者たちはどういう行動を?」

「コイズミに投票したんです」

断わっておくけれど、このような答え方をイタリア語では「バットゥータ」という。洒《しゃ》落《れ》にすぎなく、正確な情報に基づいた話ではない。ここイタリアでも総選挙での圧勝後は、日本首相の、と言わなくてもコイズミだけで通ずるようにはなった。

それで、私の答えに彼らがどう反応したかだが、いちように真顔になって、それはうらやましい、と言ったのである。だが、またも一人が質問してきた。
「もしもコイズミが彼らを失望させでもしたら、日本の怒れる若者たちも火を点けるようになるのだろうか」
「そこまではしないと思いますよ。ただし今度こそは決定的に、日本社会に背を向けるでしょう」

私が失業問題を、生活の手段を失うのとはちがう視点から見るようになったのは、『ローマ人の物語』の第三巻で、紀元前二世紀のローマに起ったこの問題に取り組まざるをえなくなったからである。

なぜ二千年以上も昔なのに失業が社会問題化したのかといえば、カルタゴに勝って地中海世界の西半分の覇権者になったのはよかったが、その結果ローマの経済構造に大変化が生じて、中産階級が没落したからだった。それによってローマ社会は富者と貧者に二分化してしまい、後者は、プロレタリアの語源となるプロレターリと呼ばれて、大量の失業者を出すことになる。

もちろん当時のローマのリーダーたちも、この問題を放置していたわけではない。ローマ史上のケネディ兄弟と私が思っているグラックス兄弟を始めとして、何人もの政治家たちが種々の対策を講じたのだ。それらを調べながらも、この時代のリーダーたちがなぜこの問題を、経済的な援助だけで解決しようとしなかったのかがわからなかったのだった。それまでの私が、職を失うということは生活の手段を失うことだとしか、思っていなかったからだろう。それが、ある偶然を境にして「わかった」のだ。

イギリスの作家のケン・フォーレットのインタビュー番組だったが、その中でこの作家は、なぜ労働党を支援するのかという質問に、失業問題をより重要視しているのが労働党だからと答えた後で、次のようにつづけたのである。

「人は誰でも、自分自身への誇りを、自分に課された仕事を果《はた》していくことで確実にしていく。だから、職を奪うということは、その人から、自尊心を育くむ可能性さえも奪うことになるのです」

眼からウロコとはこういうことかと、そのとき私は痛感したものだ。失業とは生活の手段を奪われるだけでなく自尊心を育くむ手段さえも奪われることだとわかったとき、私には、グラックス兄弟からユリウス・カエサルに至る百年間のローマの、歴史上では民衆派とされているリーダーたちの政策の意味するところが、心から納得いったのであった。まるで、それまで調べてきた数多くの史実をおおっていた曇り空が、突如割れて陽光がさんさんと降りそそぎでもするかのような想いになった。これで書ける、と感ずるときほど、作家にとって幸福な瞬間はない。

紀元前一世紀にはローマ軍団は徴兵制から志願制に移行するが、これさえも市民に誇りを育くむ機会を与える効用も考慮したうえでの、失業対策であったと思っている。いかに手厚い福祉を与えようと、プロレタ－リに自尊心を持たせるには役立たない。それを可能にするには、職を与えるしかないのだ。そして、自分自身への尊厳を持てる人が多ければ多いほど、その社会は健全化する。

古代ローマのリーダーたちの目指したのは、健全な中堅層の確立であったのだ。カエサルが政策化した「農地法」について書きながら、これは中小企業育成策以外の何ものでもない、と思ったものだった。

とは言え、二千年昔でも、既得権を享受することしか考えない人々はいる。グラックス兄弟もユリウス・カエサルも、これらのローマの守旧派によって殺されてしまうのである。

しかし、イギリスの労働党支持者によって古代のローマがわかったのならば、古代のローマに現代の失業問題の解決の糸口を求めるのも可能ではないだろうか。つまり、平民の権利を守るために置かれ、グラックス兄弟も就いていた、「護民官」という役職を、現代の日本に復活してはどうかということだ。ただし、現代日本の「護民官」が守る対象はフリーター。非正規の労働者として分類されているこの人々の社会的経済的権利を確立し、同時に義務も明確にすることである。義務も加えたのは、義務も課されないところに自尊心が確立できるわけがないからである。

最近の日本は景気が上向き始めているということで、こうなるとフリーターを正社員化するという方向に話は進みそうに思える。だが、全員が正社員というバブル時代のような現象は、もはや二度とありえない。ならば、時代の後を追うのではなく、時代は先取りしたほうがよいのではないだろうか。

フリーターを二級の労働者と見なすのではなく、正社員と並立する、しかしカテゴリーならば別の、いずれも同じ水準の労働者と公認する考え方である。両者のちがいはただ一つ、終身雇用か契約関係かだけであって、どちらを選択するかはその人の自由。

そのうえこの両者間の流動性さえ保証されるようになれば、情況はより理想的になる。フリーターは意欲に欠けるという人がいるが、社会的に認められることなくして、どうやって意欲的になれるだろう。私だって、読まれないとわかれば書く意欲も失せる。

少子化が日本社会に及ぼす悪影響が、声を大にして叫ばれている。しかし、まだ生れていない「資源」について考えるより先に、すでに存在している「資源」の活用を考えるほうが現実的ではないか。またこのほうが、日本社会の健全化に利する速度は断じて速い。しかもこの政策は、実現しさえすれば労働市場の流動化と活性化にもつながっていく以上、日本経済にも良い影響をもたらすはずだと思う。

人間社会にとって何よりも重要な「パクス」（平和）さえも、社会の健全化なしには達成できなかったことを、私はローマ人から教えられたのであった。

文化破壊という蛮行について

アフガニスタンのタリバン政府が大仏像を爆破すると発表したときは、欧米のキリスト教国からはいっせいに反対の声があがった。だが、真正のイスラム教徒と確信しているタリバンだけに、そのような声などは無視して決行したのである。欧米人の間では、この事件以来タリバンは、文化を破壊して恥じない野蛮な民、という評価で定着した。

とはいえ、昔にさかのぼればキリスト教徒も、宗教を旗印にしての文化破壊を、恥じることなく断行していたのである。なにしろキリスト教とイスラムとユダヤ教は、他の神を認めないところで共通する一神教なので、自分たちの信ずる宗教以外のすべては邪教ということになる。その邪教の神を表わしたのが邪神の像なのだから、破壊するのは自分の信ずる神の意に沿った行為になるというわけで、一神教的な考え方に立てば正しいとするしかない。

それで、キリスト教が国教化された四世紀末のローマ帝国でも、キリスト教徒によるギリシア・ローマ文化の破壊が猛威をふるったのであった。中東ではその三、四百年後にはイスラム教が勢力を拡大してくるから、その時代も文化破壊は行われたにちがいない。破壊の標的になったのが、この場合はキリスト教関係であったことがちがっていただけである。

それでもヨーロッパは、ルネサンスや啓蒙思想を経験したことによって無知と狂信の度合は相当に低下し、今ではもはや、他の宗教関係の神像であろうと文化破壊は蛮行だとする考えが常識になったようである。だがこれは、造型芸術の分野に限られていて、それ以外の分野では、文化破壊という蛮行はいまだに大手を振ってまかり通っている。その典型が、ハリウッド製の歴史映画作品の数々。

『トロイ』と題した、ブラッド・ピットがアキレスに扮した作品を観たときだった。冒頭からすでに、荒唐無稽《こうとうむけい》な映画だったが、アキレスの死の場面には頭をかかえるしかなかったのである。

不死身に生れたこの英雄は唯一足首の後ろだけが弱点で、トロイ側の射手にここを射られて死ぬのだが、だからこそ後世はその部分を「アキレス腱」と呼んでいるのである。

ところがハリウッドの映画製作者たちは、アキレス腱の由来なんて観客は知らないと考えたのか、別の死に方にしたのだった。オデュッセウス考案の木馬の腹部にひそんでトロイの城内に入らせた後で、トロイ側との戦闘中に死なせることにしたのだが、それがなんと、まるで弁慶の死のように満身に矢を浴びて死ぬのだ。そのうちの一本ぐらいは足首の後ろに突き刺さったようだから、これで「アキレス腱」には義理は果したということかもしれない。弁慶のような死に方をさせられる古代ギリシアの英雄アキレスを観ながら、これも、今のアメリカ人の無知と不遜《ふそん》による文化破壊以外の何ものでもない、と思ったものだった。

紀元前九世紀頃のギリシア人だったホメロスは、トロイの落城までを物語った『イーリアス』と、その後のオデュッセウスの漂流を物語る『オデュッセイア』の長編叙事詩の作者として知られている。ギリシア文明をルーツと考える欧米人にとっては、自分たちの文学史の一里塚的存在であり、ギリシア文明をルーツにしない人々にとっても、文字で表現された世界遺産の一つであることでは変わりはない。

この作品には、神々も英雄も美女も賢女も登場するが、主人公となるとアキレスとオデユッセウスの二人だろう。作家としてのホメロスが見事なのは、このまったく性格のちがう二人を主人公にしたところにある。

アキレスは、曲がったことやずるい行為に手を染めるくらいならば死んだほうがマシという青年で、純粋ゆえに怒りに駆られやすい。このアキレスの怒りと嘆きで始まる『イーリアス』の冒頭は、長編叙事詩とはかくあるべしと思うくらいに美しい。このアキレスに惚れこんだアレクサンダー大王は、夜中の攻撃はフェアではないとしてやらなかったほどだった。つまりアキレスは、何ごとにもフェアな男の象徴でもあるのである。

一方、オデュッセウスとなると完全にちがう。壮年の現実主義者で、欺《あざむ》きによって勝とうが勝利は勝利だ、と思う男だ。フェアに振舞うなどは鼻先で笑い、目的のためには手段を選ばず、のタイプ。とは言っても、十年攻めても陥ちなかったトロイは、兵士たちをひそませた木馬を市内に入れるというオデュッセウスのアイデアによって落城したのだった。

ただし、古代のギリシア人も、オデュッセウスのようなタイプは人間相手には成功しても神々からは罰は喰らうとしなければ、納得しなかったらしい。『イーリアス』の続篇でもある『オデュッセイア』は、この悪賢い男の、帰郷までの十年にわたる漂流の物語だ。

ホメロスは、多種多様な人間社会を、アキレスとオデュッセウスの二人に照明を当てることで表現したのだった。

それゆえに映画『トロイ』で、ブラピ扮するアキレスがオデュッセウス考案の木馬の腹から出てきたのには唖然とするしかなかったのである。アキレスならば、木馬にひそんでトロイ入りしろと言われたら、死を賭《と》しても拒絶したであろうから。そこまでしては、自分らしく生きることにならない、とでも言って。それに、木馬にひそむアキレスでは、アレクサンダー大王の憧れの的にはならなかったろう。

要するに映画『トロイ』は、ホメロスの長編叙事詩の真髄をメチャクチャにすることで、この世界遺産を破壊したのである。しかも、ハリウッドによる文化破壊はこれ一つではない。『アレクサンダー大王』も『グラディエーター』も、テレビ向きに制作されたシリーズ物でも、状況は変らないのである。このことが話題にのぼった席で、日本の若い考古学者たちが言った。

「こうなっては塩野さん、日本発で行くしかないですね。アニメにすれば日本発になれる。ボクたちが考証を引き受けますよ」

悪くないアイデアかも、と思いはじめている。ハリウッド製の歴史映画に立ち向うには、日本製のアニメでいくしかないか、と。

乱世を生きのびるには……

今年（二〇〇六年）は世界にとって、悪い話ばかりで始まったようである。しかも現在（二月末）になっても、改善の兆候すら見えてこない。

イランは、世界中の心配の声もよそに核武装に向けて邁進中。あれが平和目的のためだけとは、バカでも信じないだろう。

一方、テロリストたちに大義名分を与えるがゆえにテロ撲滅の鍵と私が信じているパレスティーナ問題の解決は、武闘組織であるハマスが選挙で民主主義的に勝利したことによって暗闇に突入してしまった。

そして、文明化の優等生と自他ともに認めていた北欧圏から発した風刺マンガ事件。あの程度の駄じゃれはヨーロッパではよくあることなのだが、それが数カ月もたってイスラム圏に伝わるや、許すべからざる侮辱となって各地で暴動が頻発し、それは今でも収まっていない。

しかもこれには日頃から異民族共生ではイイ線いっていたイタリアまでが当事者に加わり、かのマンガを染めたTシャツをワイシャツの下に着ていた大臣が辞任に追いこまれた。とはいえこれは、すべての宗教の尊重を明記しているイタリア憲法に忠誠を宣言して就任するのがイタリアの大臣である以上、国法にのっとっての当然の処遇ではあったのだが。

なにしろ、ある種の国々で起る暴動は、中国での反日暴動でもわかるように、相手国の公的機関の破壊や焼き打ちでは済まずにその国に在留している民間人への暴行にまでエスカレートしやすいので、言論の自由を旗印にかかげて澄ましているわけにもいかないのである。リビアの一都市で起ったTシャツへの反撥暴動のおかげで、仕事で在留していたイタリア人も家族は帰国することになってしまった。

というわけなので、北朝鮮の核など話題にも上らなくなった。中国はあい変らず話題になるが、それも以前のような、躍進する大国というイメージではない。幾分か諦めたという感じで、それは中国が、ヨーロッパ人の考える大国とはまったくちがう大国になるのが明らかになりつつあるからだろう。

これまでの例ならば、国の経済力が上昇するとその国は、経済の向上で得た力を国内のマイナス面を改善するのに使う。具体的には、失業者を職場に吸収するという形で。だが、先進各国への中国からの密入国者はあい変らずだし、イタリアの中国人コミュニティの内部では、先着の中国人が後着の中国人を奴隷のようにこき使って摘発される例は後を絶たない。彼らによる、麻薬はもとより食品その他の非衛生的な物産の不法輸入も日常茶飯事と化し、コミュニティ内部に司法関係者を潜入させようにも、顔かたちがあまりにちがいすぎて不可能。中国人社会では死者が出ないのは誰かが入れ換わっているのだろうと噂しながら、手が出せない状態がつづいている。

中国は数多《あまた》のマイナスを国内にかかえているからいずれ躍進も止まるだろうという意見があるが、私には中国は、マイナスを周辺にまき散らしながら大国への道を邁進していくと思えてならない。大国とは何によらずはた迷惑な存在だが、遠からず中国は、最もはた迷惑な大国として君臨することになるだろう。

中国がWTOに加盟したときには、欧米先進国が作った世界貿易のルールにこれからは中国も従うと思っていたものだが、それが今では、日本もふくめた先進諸国のほうが、中国が勝手に決めたルールに従うように変わっている。グーグルをマイクロソフトをヤフーを見よ。

要するに今年は、何かと面白くない年になりそうである。激動する世界情勢下では主導権をにぎるしか勝つ道はないが、安保理の常任理事国でもなく核ももたず、軍事力も満足な状態では海外に送れない日本が、大国と思いこんでいたこと自体が妄想であったのだ。もはや、大国らしい外交をすべきとか、フランスを見習えなどという迷い言を吐くマスメディアもなくなるであろうから、それだけでも良しとすべきだろう。

主導権をにぎれなければにぎっている国の後に従う、というのもバカ気たやり方で、それで得るのはさらなるカネを吸い上げられることでしかなく、こうなればおとなしい日本人も、株主代表訴訟に似た行為を国に対して起すかもしれない。援助外交と聴くと私は援助交際を思い出してしまうが、単なる売春を援助交際と言い換えたり、単なるバラ撒き外交を援助外交と言い換えたりすることによる目くらましに欺されている余裕は、もはやわれわれにはないのである。

そして、大国でないがゆえに問題を討議するグループからさえもはじき出されている日本は、実効力のあるアイデアを主張しても他国が乗ってこないという場合に、これからはしばしば出会うようになると思う。だからと言って、手をこまねいていては影が薄くなる一方だ。

それで、というわけで提案なのだが、こうなっては腰を落ちつけて、日本人だけで解決できる問題に、われわれのエネルギーを集中してはどうであろうか。他国をないがしろにすることまではできないが、優先的に、ということならばできる。

そしてそれは、経済力のさらなる向上、以外にはない。国家にとっての体力は経済力であるからで、経済と技術の向上となれば、日本人にとっては、「自分たちだけでやれること」になるからである。

主導権欲しさに悪あがきしても効果なしとは、安保理常任理事国入りの一件でわかった。援助外交も効果なしということも、三十年にわたる経験でわかった。この現状を外交の八方ふさがりと言うなら、八方ふさがりでいる間にせめて、体力の強化に活用してはどうだろう。日本をめぐるめぐらないにかかわらず、世界情勢の激動はちょっとやそっとでは収まらないのだから。

それに、諸行は無常なのである。いつ、日本に出番がめぐってくるかわからないし、反対に当分の間は出番はめぐってこないかもしれない。ならばその間は腰を落ちつけて、意志があり努力する気さえあれば他国と相談しなくてもできること、つまり自分の国の経済力の向上、に専念してはどうだろう。

言ってみれば今度こそ、堂々とエコノミックアニマルをやるのである。国家の体力である経済力の向上のために必要とあれば、諸制度の改革も強行せねばならず、各種の公的半公的機関によるムダ使いを斬ることも避けては通れない。

そして何よりも重要なのは、持てる資源を徹底して活用する冷徹な精神である。日本の資源と言えば、人材であることは言うまでもない。体力にさえ自信がつけば、何に対しても人間は、自信をもって対処できるようになってくるものですよ。

負けたくなければ……

「乱世を生きのびるには……」と題した前回では、今度こそ堂々とエコノミックアニマルをしようではないか、と提案した。外交は八方ふさがり、それでいて激変する一方の世界現状では、いたずらに友好国を求めて右往左往するよりも、自分たちだけでも達成可能なことに徹するほうが効率が良いと思うからである。そして、それはわれわれ日本人にとっては、経済力の確立と技術力の向上というわけだ。経済力は、国家にとっての体力でもあるのだから。

今回も、提案ということでは同じだし、他国の同意がなくても日本だけでやれるという点でも同じである。しかし、方向は百八十度ちがう。そのうえ、それを行ううえでの勇気となると、もしかしたらより多く必要かもしれない。

二十世紀の前半の五十年に日本と日本人が行ったことについて、具体的には植民地での行為と第二次大戦中の行為について、主として中国と韓国からの非難が絶えないようである。あちらも具体例に集約する必要ありと思ったのだろう。二十世紀前半の延長とでもいうつもりか、靖国神社への首相参拝に的をしぼったという感じになっている。

これを裁判に喩えれば、個人ならばアメリカ人もイギリス人もアジアの国々の人々もいるかもしれないが、国としては中国と韓国が原告席に、そして被告席には日本、他の国々は陪審員席に座っているというところだろう。そのうえこの「被告」には、有能で信頼できる弁護人に恵まれる可能性が低いときている。東京裁判でも示されたように、どうも日本人という民族は、言語を武器にしての戦闘《バトル》は得意ではないようだ。弁護人には肯定的な意味での悪らつさが必要条件だが、日本の辞書では「悪らつ」を、たちが悪いこと、としか書いていない。これでは、良き結果につなげる手段としての悪らつさ、なんて生れようがない。

というわけで有効な弁護も期待できない状態で断罪を避けたいと思えば、どんな無能な弁護人でも勝てると思えそうな、徹底的な証拠固めをするしかない。そして、それは何かと言えば、二十世紀の前半に日本及び日本人が行ったことを、洗いざらい公表することである。不利なことがあっても、隠してはならない。隠さないで出した、ということですでに、公表した側の客観性を実証するのに役立つからである。

それで何を公表するかといえば、まず第一に公文書のすべて。しかもそれは、原文、口語訳文、英語訳文の併記にする必要がある。

口語訳文は、今の日本人自身に知ってもらうため。昭和十二年七月七日生れの私は、支那事変の起った日に生れたと言われながらその実体を知らない。第二次大戦だって、終わったのは八歳の年である。この私が知らないのだから日本人の八割から九割は知らないにちがいないが、知る必要は絶対にある。

なぜなら、知らないで被告席に立たされたのでは原告側の思うツボにはまるからで、中国はとくに、裁かれるべきは当時の政治と軍事の上層部であって一般の日本人には罪はない、と常々主張してきた。これは、敵を二分したうえで一方をたたく戦法だが、一致団結していることが防衛上での最善の策でもあるわれわれとしては乗らないほうがよい。

それに、日本人自身にとっても良くない。中国と韓国はしきりと日本に、ドイツの戦後処理を見習えと言ってくるが、あれも見習わないほうがよい。ドイツでは、ヒットラーとナチが悪かったので一般のドイツ人は知らなかった、という論法で通しているが、ナチの蛮行を少しでも知っている人ならば、ユダヤ人でなくても、それは嘘だと言うだろう。戦時中に生きた一般のドイツ人は、知りたくないと思い、知る手段も言論抑圧で断たれてからは、実際は何がおこっているのかへの関心さえも失っていったのである。

戦前戦中の悪のすべてをヒットラーとナチにのみ転嫁したこのドイツのやり方は、ドイツ人自身の自己批判能力も衰えさせてしまった。なぜなら、オレたち生れてさえもいなかったから責任はない、と言い始めては、もしかしたら自分の中にも、機会さえあれば蛮行に走る遺伝子があるかもしれないという疑いなど、起りようがなくなるからである。自分自身に疑いをいだかなくなったからこそ、ナチズムは生れたというのに。

英語訳文の必要は、言うまでもないだろう。裁判官と陪審員席へのアプローチであることはもちろんだ。日本語文だけでは、日本語を解す外国人の眼にしかふれない。日本語の公文書の読解力のある外国人は、数からして少ない。その種の能力を持たない外国人に訴えることなくして、有効な弁護は成り立たないのである。

そして英語訳も、英語を母国語にする人に、丸投げすることは避けるべきだ。翻訳とはそれをする人の考えを通過することなしには成り立たないからで、それによるまさかの場合の弊害さえも回避するには、日本人が英訳し、英語が母国語である人には添削を依頼する程度に留めておいたほうがよい。日本の記録である以上、英国人が書いたのと同じ水準の文章にする必要はないのである。

公文書の公表につづいて、当時の新聞、ラジオ、ニュース映画も公表すべきだろう。これらもまた立派な史料であり証拠である。ラジオならば耳で聴きながら眼で読めるパンフレットにする方法もあろうし、ニュース映画ならば画面の下に英文のテロップを流せばよい。

原告側は、何かと言えば卓をたたき大声をあげる戦法を得意とするらしいが、こうなると日本人は黙ってしまう。黙っていて悪いとは、私は思わない。ただし、ただ単に沈黙をつづけるのではなく、その間を徹底的な証拠集めに使うことを提案しているだけなのだ。

それに私が勧めているのは、証拠集めとその公表にすぎない。われわれ日本人が誤りを犯したか犯さなかったかの判断は、この段階ではする必要はない。自分自身で下す判断は、それを終了した後になって始めて可能なことであり、しかも最終的な判決はあくまでも、陪審員たちが下すものであるのを忘れてはならないだろう。

手はじめにまず、「終戦」でなく「敗戦」と言おうではないか。終戦は戦争が終わったことでしかないが、敗戦となれば、この言葉を耳にする人の何人かは必ず、なぜ敗北したのかを考えるようになる。

感想・イタリア総選挙

四月の九日から十日にかけて行われたイタリアの総選挙だが、四日が過ぎた今日になっても公式の選挙結果は出ていない。選挙の元締めである内務省が出さないからだが、結果があまりにも伯仲しているために慎重に対処する必要からと思う。

なにしろ、日本の衆議院にあたる下院《カメラ》は、与党だった中道右派と野党連合の中道左派の差はたったの二万五千票足らず。日本の半分の人口のイタリアの有権者の総数は、四千万を越えているらしいが、そのうちの二万五千が勝敗を決めたということになる。一万人のうちの五人の動向が決め手になったわけで、しかも八十パーセントを突破するという高投票率。それでも下院は勝った側にプレミアがつく制度なので、中道左派を構成する諸党が一致団結すれば法案は通るだろう。

問題は日本の参議院にあたる上院《セナート》で、こちらのほうは中道右派が五十一パーセントの票を獲得したのだが、今回から始まった海外居住のイタリア人も投票できる制度が仇になった。海外からの票には独自の議席が与えられるが、それが中道左派に走ったことで状況は逆転し、差は二名ながら左派が多数派になったからである。中道左派と言っても、中道から極左までの大同団結が実情では、以後の政局は黄信号が点いたままで行くのかもしれない。

とはいえ、これ以後のイタリアの政局の予測はその道のプロである各紙の特派員や政治記者や大使館の仕事だから、シロウトの私の出る幕ではない。それでも、私の関心を刺激したことが三つあった。

第一は、イタリアのテレビ・新聞・雑誌を見ているかぎりは野党の中道左派の楽勝と思われていたのに、なぜこのようなわずかの差の辛勝になってしまったのか、ということである。これを言い換えれば、メディアや知識人たちの予測はなぜはずれるのか、という問題になる。

私の想像ではその要因は、私もふくめた一般人よりも多くの情報にしかも常に接しているはずの彼らでも無縁ではいられない、希望的観測という名の落とし穴によるのではないだろうか。

「人間ならば誰にでも、現実のすべてが見えるわけではない。多くの人は、見たいと欲する現実しか見ていない」と言ったのは二千年昔のローマ人のカエサルだが、今なお通用する考えかも、と思ったりしている。

私の興味を引いたもう一つは、マスコミと知識人と検察までも総動員してのベルスコーニ攻撃は、戦法として有効であったのか、ということだった。

ちなみにイタリアでは、司法はしばしば政敵排除の手段として活用されている。まるで大昔にもどったようで、カルタゴの名将ハンニバルに勝って救国の英雄と賞讃されていたスキピオが、わずかな額の使途不明金を理由に裁きの場に引き出された前例を踏襲しているかのようだ。数年後には無罪が確定するが、そのときにはすでに、この救国の英雄の政治生命は断たれた後だった。

そして、ベルスコーニが首相であった時期に最も熱心に取り組んでいた法案が、検事と裁判官のキャリアを分離することだったのである。検事と裁判官が兼業という現行制度の改革だが、これでベルスコーニは司法関係者のほとんどを敵にまわしてしまった。それもあってこの人は、首相でいながら告訴漬けになってしまう。とはいえ一代で世界有数の金持になった男だ。有能な弁護士を総動員して敵の切っ先をかわしつつ来たのだが、おかげでイタリアでは、優秀な弁護士は一般市民には手の届かない値になってしまった。もっとも、告訴起訴の波に襲われつづけたにしては、今のところはまだ一つとして有罪が確定したものはない。

というわけで、野党である中道左派の諸政党はもちろんのこと、マスコミから司法まで総動員して行われたのが、反ベルスコーニ作戦だったのである。イタリア語ではこのようなやり方を「デモニヅァーレ」と言うが、まさにベルスコーニ一人に的をしぼった「悪魔化」そのものだった。これでは政策的に中道右派を支持する人でも怖れをなし、左派には投票しないまでも棄権するのではないかと想像していたのだが、まさに鼻の差という感じの投票結果を見ると、この人たちも投票に行ったのだ。ということは、「悪魔化」作戦もさして有効ではなかったということになる。そして、選挙運動の全期間を通じて、本来ならば為されるべきこと、つまり政策論争は、わきに押しやられたままだった。

この政策論争の欠如が私の関心を引いたことの第三なのだが、その要因は一にも二にも、中道右派のトップであるベルスコーニも中道左派を代表するプローディも、プロの政治家ではないことにあると私は見ている。

本質的には、ベルスコーニは経営者であり、プローディは経済学者だ。政治には、経済的ではないことでも、また経済理論には反することでも、国全体の利益を考えれば断行しなければならないことが多い。政治と経済は、重なる部分もあるが重ならない部分もある。プロの政治家とは、政界を泳ぎまわる技《わざ》に長じた人ではなく、この重ならない部分を冷徹に認識できる人だと思っている。これ以後のイタリアの政局の真の問題点は、与党と野党が鼻の差ということよりも、与党も野党も、政治のプロに率《ひき》いられていないという事情に起因してくるのではないだろうか。

ならばイタリア政界にはプロの政治家はいないのかというと、それがちゃんといるのである。具体例をあげれば、中道右派政権では外相だったフィーニ、一方の中道左派では、少しだが首相も経験したダレーマ。この二人の出るテレビの討論番組では、口汚い非難の応酬もなく政策が冷静に語られる。ときには、辛らつな皮肉を混じえながら。イタリア人もわかっていて、有能な政治家を選ぶ調査では、フィーニは一番ダレーマは二番という具合で、常に上位を独占している。

だが総選挙は、属する党に票を投ずる仕組になっている。フィーニが率いる党は元《もと》をたどればファシスト党であり、ダレーマが属するのは元《もと》共産党というわけで、この二人は、個人としての能力は周知の事でも、イタリア人のファシズムと共産主義へのアレルギーがいまだに消滅していないことの犠牲者でもある。ちなみにベルスコーニもプローディも、右寄り左寄りのちがいはあっても、二人とも中道を強く押し出していることでは共通している。

イタリアの不幸は、「中道《チエントロ》」でありさえすればディレッタントでも首相になれることにあると、イタリアに長く住むイギリス人が言っていた。

歴史事実と歴史認識

前々回で、第二次大戦を中心にした二十世紀前半に、日本及び日本人が行ったことを洗いざらい公表しようではないかと提案したら、「アジア歴史資料センター」というところから大部の書類が送られてきた。われわれはすでに実行に移しています、というわけだろう。それで今回は、このセンターを紹介することで、歴史事実の公表ということの意味をさらに深めてみたい。なぜなら、日本に住んでいる日本人の多くも私同様に、この機関の存在すら知らないようだから。

「アジア歴史資料センター」とは、独立行政法人国立公文書館に所属する一機関で、英語では「Japan Center for Asian Historical Records」と名乗っている。今から十二年前の一九九四年に、首相だった村山富市が言い出して始まったのだが、実際にスタートしたのは二〇〇一年になってからだという。史料とは洗いざらい集めてこそ意味をもつのだが、自民党の一部に、洗いざらいというところに抵抗感をもつ勢力がいたらしい。

具体的には、まずは公文書にかぎることに決め、国立公文書館に保管されているアジア関係資料、外務省外交史料館にある外務省記録、防衛庁防衛研究所図書館に残る陸軍・海軍関係資料、をすべて「センター」に集め、それらをデータ化していくのが仕事だ。これだけでも膨大な量で、全部やれば二千八百万画像、二ページになるものだとこの二倍。年間二百五十万画像のペースでデータ化していると言うが、これだけでも優に二十年はかかる。それでもコンピューターさえあれば、世界のどこからでも誰でも、日本の近現代史料にはアクセス可能になりつつあるということはわかったのだった。

そのうえ、このセンターは所長に人を得ている。石井米雄という歴史学者だが、この人のインタビューを読んで感心した。まず、ユーモアがある。ユーモアのセンスは臨機応変のセンスとイコールな関係にあるから、政党や省庁の抵抗をかわしながら目標に到達せざるをえない組織の長としては最適な資質である。

第二に、歴史という怪物を、この方はよく御存知。その石井氏のインタビューでの発言を紹介したい。

――最近、「歴史認識」という言葉が跋扈《ばっこ》していますが、これは要注意です。たとえば、韓国人と日本人が同じ歴史認識を共有できるわけがありません。しかし、「歴史事実」は共有できる。アーカイブ（史料館、塩野注）の意味と価値は、まさにそこにあるのです。

また、歴史ぐらい政治に利用されるものもありません。現在の中国・韓国を見ても、それは一目瞭然です。日本は戦争期、「鬼畜米英」というスローガンで戦いました。歴史認識はきわめて政治的でイデオロジカルなものであり、そのような状態で「歴史認識」を共有するということは不可能です。被害者と加害者の共通認識は、ありえないことだからです。

日本人は、「事実」と「認識」を、厳密に考える時期に来ていると思います。「アジア歴史資料センター」は、「歴史認識」を行うところではなく、「歴史事実」を確認するところなのです――

ここで言われているのは、「アジア歴史資料センター」の存在理由にとどまらず、歴史の本質である。ただし、歴史とは「事実」のみではアプローチが不充分なのは、「事実」

といえども人間が介在している以上、それをどう認識するかを除外するわけにはいかないからだ。歴史が「事実」を連らねるだけで書けるのならば歴史研究者で充分だが、その事実をどう認識するかも重要だから、昔から歴史家が存在したのである。

というわけで私個人は「アジア歴史資料センター」に大賛成だが、それでもなおいくつかの疑問なり提言なりをしてみたくなった。このセンターの存在理由を認めるからこそ、ではあるのだが。

まず第一に、「アジア歴史資料センター」という名称に納得いかない。これだと、アジア関係の歴史資料を集めた、日本に置かれた一組織、という感じを与える。英語訳でも、「アジアの歴史資料を集めるための日本のセンター」としか受けとれない。

ところが内実は、近現代の日本の公文書を集めて公開するところだから、名称も「近現代日本歴史資料センター」となるべきではないか。アジア諸国に関係する歴史資料は多いかもしれないが、われわれが主として戦ったのはアメリカとイギリスである。「Japan Center for Asian Historical Records」ではなく、「Center for Japanese Historical Records」ではダメなのだろうか。

書物の表題と同じで、組織もまた、第一印象は名称で決まる。それなのにこうも腰の引けた名称になってしまった裏には、提言者だった村山元首相のアジアへの腰の引けた態度の影響か、とさえかんぐりたくなる。村山氏には良い事業に手をつけたということだけで満足してもらって、「センター」の名称ぐらいは内実を反映した堂々としたものに変えてほしい。

第二は、このような腰の引けた名称にしたせいか、国がこのセンターに出すおカネも腰が引けていて、毎年たったの四億円。十人足らずの所員も外務省と文部科学省からの出向者という、歴史の非専門家ばかり。

これは、十倍の四十億円にすべきであり、所員も、このような組織では専門家が加わる必要は絶対にあるから、日本の各大学の近現代日本史専攻の助教授、助手、大学院生を、客員研究員という名にして総動員し、交代で仕事に当ってもらう。この人々には、客員にしろ仕事をしてもらう以上は払われること当り前の、経済上の利点も保証する。

第三、いかにコンピューターでつながろうとも、人間とは、会って話すことで生れる刺激が必らずあり、その効用を知らないでは一級の研究者にはなれない。ゆえに、海外からの研究者やジャーナリストのためにはとくに、資料を提供する「センター」に併設して、資料を出す側と受ける側が顔を合わせられる場が必要だ。そのためには平河町などという都心の一等地にいてはダメで、どこか広い土地に移転すべきだろう。

なぜこれほども「センター」を強化する必要があるかと言うと、これこそが、「歴史に向い合っていない」という他国からの日本批判をかわすことができるからである。「センター」を堂々と前面に出して言えばよいのだ。日本と日本人はこうして、歴史に真剣に向い合っています、と。なにしろデータ化完了だけでも二十年はかかるのだから、その間は自己批判も謝罪も先送りにできるので、四十億円でも安いものですよ。

国際政治と「時差」

池内恵という若き俊英の近著『書物の運命』を読んでいたら、なかなかに興味深い視点が提示されていた。自分が書くものを要約されるのが嫌いな私は、他人の書いたものの要約も好きではない。それで、長くはなるけれど、そのままで紹介したい。

――今年の二月から三月に、現在パリに住んでいるブトロス＝ガリに会いに行った。ちょうどイラク戦争に向けて国連安保理での議論が活発になった頃だった。パリ七区に住居を構え、フランス政府から名誉職を提供されている。彼のオフィスに通って九〇年代の国連に関するインタビューを行いつつ、現在の国連の展開も追った。

こういった国際政治の争点に関して、日本が脚光を浴びることはめったにない。その原因は、安全保障面での自立性をもたない国際政治環境とか、丁丁発止の交渉ができるような人材の輩出を妨げている社会的・知的制約など、さまざまなのだろう。しかしパリでブトロス＝ガリと共に国連の動きを見守っているうちに、それ以前のもっと根本的な問題に気づいた。

フランスにいると（イギリスでもアメリカでも同じだが）国際政治の展開を追うのが妙に「楽」である。なぜ「楽」に感じるのかというと、日本で直面する、乗り越えようのない苦労が、全くない。それは「時差」である。

ニューヨークの国連安保理で、重要な公開会合というのは、たいてい午前十時から開かれる。その時パリは午後四時。二時間の公開会合で各国代表はタテマエや大義名分を散々ぶち上げて、昼に散会。その時パリは午後六時。本当の交渉はこれからだ。昼食と、午後の非公開・非公式会合で複雑な駆け引きがある。イギリスやフランスの本国政府は万全の態勢で見守って代表団に指示を出す。もちろんアメリカ政府にとっては通常の業務の時間帯である。

ところがこういったことが行われているさなか、日本では文字通り「寝ている」。ニューヨークの朝十時は日本の夜十二時、午前の公開会合が終った時点で深夜二時。リアルタイムで関心を寄せていたらまともな社会生活は営めない。首相だって外相だって寝るしかない。日本で目が覚めた頃、ニューヨークの非公式会合でものごとはすでに決まってしまっている。

ロンドンで午後一時、議会でブレア首相への追及が始まったとしよう。場合によっては夜まで続く議論を、ワシントンの官僚は通常通り出勤してきてBBCワールドでもつけて横目で見ていればいい。ところが日本時間では夜十時から始まるのだから、肝心なところで今日の仕事は切り上げて帰ってしまう、ということになる。国連での議論は西欧の一般市民のゴールデンアワーに届けられ、西欧の議論はアメリカの業務時間中に進む。大西洋の上で間髪いれぬキャッチボールが繰り返されているのである。そしてカイロだってバグダードだってイスタンブルだって、たいした違いはない。似たような時間帯で仕事をしている。ところが、どこで動きがあっても、日本では一貫して寝ている。対応が後手に回るのは当然だろう。

運輸や情報通信技術の発展でどんなに地球が「小さく」なっても、「あっちは起きていてこっちは寝ている」という状態だけは（どちらかが極端な夜行性動物に変身しない限り）変わりようがない。もちろん日本が特有の条件下で独自の立場をとってもいい。西欧ともアメリカとも全く同じになる必要はないし、なれもしない。ただし気をつけなければならないのは、日本の自己完結的な情報空間の中で、「時差」の存在を忘れてしまいがちなことだ――

これを読んだときは、思わず笑った。西欧に長く住んでいる私も、日本の政府も外務省も一体全体何をしてるのよ、と怒ってばかりいる在外邦人の一人である。その原因が「寝ている」ことにあるというのだから、苦笑するしかなかったのだった。

しかし、ミもフタもないことが、意外にも本源的な問題である場合が多い。それに私は、デメリットはほんとうにデメリットなのか、とか、デメリットとされていることをメリットに変えるとかになると、異常に情熱を燃やす性質ときている。それで、サッカーではないが瞬発力の遅れをどうやって取りもどすか、を考えてみたのだった。

まず、世界の主要地の在外公館に情報収集担当官を、二十四時間態勢で常置する。そして、海をまたいでこの人々と直結する「寝ずの番」を、内閣と各省庁に置く。何も夜行性動物に変わる必要はなく、病院の宿直並みの交代制にすればよい。こうして、日本が寝ている間に起ったことも「寝ずの番」を通して、日本が目覚める頃には内閣や省庁のトップに上げられている。ただし、トップに上がってくるときには、すでに複数の選択肢にまとめられていて、首相や大臣は登庁するや決定を下し発表できるようになっていなければならない。

それでもなお、瞬発力のある他国には遅れをとる。だが、後追いにもメリットがあるのだ。先発諸国の発表が出つくした後で極めつきの策を出せるからだが、それなのに後追いが、速度でなく内容になってしまうようでは、後発であるからこそのメリットも活《い》かせなくなる。

それに日本には、武士に二言はない、という言葉もある。これを日本の国策にするのだ。日本は決めるまでは遅《おそ》いが、やると決まればやり遂げる、という方針を常日頃から宣言し、宣言したからには必らず実行するのである。

世界各国のＶＩＰは、弱小国であっても派手なパフォーマンスを得意とするが、あゝも全員が競い出すとかえって実直なやり方が目立ってくる。マスコミはにぎやかに報道するが、一般市民は具体的な成果を求めているからだ。これは、アジアでも中東でもヨーロッパでも変わりない、二十一世紀に生きる人の多くがほんとうに求めていることではないかと思う。

夜なのだから寝ていいんですよ。ただし、それによる後追いが、他国の政策の後追いにだけはならないように注意しながら。歴史に親しむ日常の中で私が学んだ最大のことは、いかなる民族も自らの資質に合わないことを無理してやって成功できた例はない、という事であった。

「免罪符」にならないために

国連が、戦争の抑止にも終結にも無力であるのは、誰も口にはしないがすでに露呈していた事実である。だが、今回はサミットも無力であることを露呈した。サンクトペテルブルクでのサミット開催直前に勃発したイスラエルのレバノン侵攻は、サミットが終わって先進諸国の首脳が帰国した後もつづいているのだから。サミット中にイタリアが言い出してブレアあたりも賛成という中近東への平和維持軍派遣という考えも、首脳たちがそれぞれの国へもどった今ではどうなっているのか判然としない。なぜなら言い出したイタリア自体が、政権内にいる極左から反撥されて立ち往生、という始末なのだ。

これらの現象のすべてが、私に、国際貢献という、誰もが異論がなくかつ必要でもあることに対する主要各国の取り組み方に、疑問をいだかせたのであった。

なにしろ、これと同時進行で、イタリアの国会では、イラクからの軍引き揚げにつづいてアフガニスタンからも引き揚げるか否かという問題の採決をめぐって、すったもんだをくり返しているからである。イタリアの現政府は中道左派で、ということは中道から極左までを集めて出来た政権だが、打倒ベルスコーニの一点だけで合同した結果、日本に例えれば公明党から民主、社民、共産党までを網羅した政権が出来上ってしまったのである。

それゆえ、この中道左派政権は常に右と左に分裂する危険を内包している。それが、アフガニスタンに派遣している軍の費用を出すか出さないかをめぐって対立したのだった。「右」は、イラクとちがってアフガニスタンやその他の地方への軍隊派遣は、国連が決めたことでありヨーロッパの他の国々も行っている以上、イタリアもつづけるべきと言う。

一方、「左」は、いかなる理由があろうとも戦争はするべきでなく、それゆえ派兵費用の国庫からの支出はまかりならぬ、という線をゆずらない。

総選挙で勝った側にプレミアムがつくシステムの下院は、現政権が安定多数を維持しているので、以後もつづけて費用は出すという政府案で可決した。だが、総選挙の獲得議席数がそのまま反映する上院では与党と野党の議席の差は二議席しかなく、それなのに与党内極左は八議席もつ。とはいえ、上院でも可決するだろう。前内閣で海外派兵に積極的だった、今では野党になっている中道右派の諸党が、賛成票を投ずると言明しているからである。

しかし、外交の重要事項の一つである軍事力を派遣することでの国際貢献で、与党が二つに割れるのでは政権維持能力が疑われる。それで現政府は、極左に反対票を投じさせないために、内閣の信任を問うという形にすることにした。こうなれば、政権に就いてわずかしか過ぎていないのにもう一度総選挙というのはたとえ極左でも嫌うから、やむをえなかったという感じで賛成するわけである。

まあこれはイタリアの中道左派政権内のごたごたにすぎないが、それでも私に、良心的な平和主義者の考える国際貢献というものを考えさせる役には立ったのだった。

なぜならこの人々は、平和のためとはいえ海外派兵はならぬ、と言っている。と同時に、国際貢献はやるべし、とも言っているのだ。イラクからは兵を引き揚げるが、イラク再建を助けるシビリアンは送ると言っている。

このように志が高くかつ当り前なことを言われると、哲学科を出たにしては哲学的なことはたった一つしか学ばなかった私は混乱してくる。たった一つのこととは、何ごとも頭から信じないで疑うということだが、それが頭をもたげてくるのだ。

一、援助物資を送るのも、治安が確立されていない地方では強奪される危険が常にあり、物資がほんとうに援助を必要としている人々の手に渡らない場合が多いが、その問題を、軍隊を送らないでどう解決するのだろう。

二、治安は一応確立してはいても、現権力層が独裁的である国も少なくないが、このような場合、海外からの援助金や援助物資は独裁政権が自由にしてしまい、これまたそれを真に必要としている人々に渡らない場合が、多いどころか百パーセントになる。この問題も、軍事力という圧力をかけることなしに、どのようにして解決するのか。

三、平和維持のための軍派遣というならば、平和はすでに樹立されていなければならない。ところが実際は、平和になるまでの混乱や戦闘状態は短時日で終わるということはなく、数年間に及ぶのは普通で、悪くすればパレスティーナのように、半世紀を過ぎても終わりが見えない。

こうなると、戦闘状態がつづいているかぎり平和維持軍は手が出せないわけで、その間に殺され破壊されていくのを、われわれは座視していることになる。

イタリアは海外派兵による国際貢献は半世紀の実績をもつが、それでも

「平和のための軍《フォルツァ・ディ・パーチェ》」の名で紛争地帯に送り込まれる兵士たちには、攻撃されたら防衛する、ことは許されてはいても、平和の樹立を望まない人々を軍事力を使って押さえこむ、ことまでは許されていない。

それで、戦火が消えた、とされた頃を見計って派兵するのだが、消えたと思ったら再び発火するのは常で、このような場合でも引き揚げるわけにもいかず、そこに留まって、ただただ監視するのである。「監視する人」とはオブザーバーだ。つまり、平和維持軍とはしばしば、オブザーバーでしかないということになる。たとえ面前で、殺戮と破壊がつづいていても。

とはいえ私は、この種の国際貢献は先進国の偽善だから無用だ、と言っているのではない。最善の方法を常に探りながらつづけることは必要だが、その実態は知っておくべきと言いたいのである。そうでないと、免罪符になる。

中世のカトリック教会に悪智恵者がいて、箱を信者の前に出して言った。この箱の中に金貨を一枚入れ、チャリンと音がしたと同時に天国の席の予約ができます、と。これに、イタリアの信者は乗らなかったがドイツの信者は乗ってしまい、それに怒ったルターが、カトリックから分派してプロテスタントを創設したのである。

これ以後、「免罪符」という言葉が一人歩きするようになる。それさえやっておけば、成果の如何にかかわらず義務は済ませた、と思ってよいという意味で。

軍事を使ってであろうと金《かね》であろうと、国際貢献なるものをもう一度洗い直してみてはどうであろうか。貢献を受ける側のためだけではなく、〝貢献〟するわれわれのためにも。

塩野七生（しおの ななみ）

1937年7月、東京生まれ。学習院大学文学部哲学科卒業後、イタリアに遊学。68年から執筆活動を開始。70年、『チェーザレ・ボルジアあるいは優雅なる冷酷』で毎日出版文化賞を受賞。この年よりイタリアに在住。81年、『海の都の物語』でサントリー学芸賞。82年、菊池寛賞。88年、『わが友マキアヴェッリ』で女流文学賞。99年、司馬遼太郎賞。2002年にはイタリア政府より国家功労勲章を授与される。07年、文化功労者に。『ローマ人の物語』は06年に全15巻が完結。『ルネサンスの女たち』『ローマ人への20の質問』『ローマ亡き後の地中海世界』など著書多数。

文春新書

752

日本人《にほんじん》へ　リーダー篇《へん》

2010年(平成22年) 5月20日　第1刷発行
2010年(平成22年) 5月30日　第2刷発行

著　者　塩野七生
発行者　飯窪成幸
発行所　株式会社 文藝春秋

〒102-8008　東京都千代田区紀尾井町3-23
電話 (03) 3265-1211 (代表)

印刷所　理想社
付物印刷　大日本印刷
製本所　大口製本

定価はカバーに表示してあります。
万一、落丁・乱丁の場合は小社製作部宛お送り下さい。
送料小社負担でお取替え致します。

ISBN978-4-16-660752-5

文春新書好評既刊

塩野七生
ローマ人への20の質問
古代ローマは人間の生き方、リーダーシップ、国のありかたを学ぶ宝庫だ。その古代ローマがぐっと身近になる塩野七生の「ローマ入門」

082

『日本の論点』編集部編
10年後の日本
確実に来る少子・高齢化社会、GDP激減、不安なアジア情勢、地球温暖化と、根底から揺らぐ日本。十年後の危機を多方面から予測
479

徳岡孝夫
完本　紳士と淑女
1980-2009
30年間、三百数十回に亙って、雑誌「諸君!」の巻頭を飾ってきた辛口名物コラムの筆者が遂に正体を明かした。精選された決定版
716

与謝野馨
民主党が日本経済を破壊する
財務・金融・経済財政の三閣僚を兼務した永田町随一の政策通が、日本経済が抱える本当の「病状」とその「治療法」を初めて明かす
717

葛西敬之
明日のリーダーのために
国鉄民営化を成し遂げ、リニア事業に挑戦するJR東海・葛西敬之会長によるリーダー論。混迷の時代を切り開く指導者の資質とは?

748

文藝春秋刊